戦国ベースボール

最強の戦闘集団！　新撰組、推参!!

りょくち真太・作
トリバタケハルノブ・絵

集英社みらい文庫

桶狭間《おけはざま》ファルコンズ OKEHAZAMA Falcons

5番《ばん》・セカンド
十文字槍《じゅうもんじやり》の名手《めいしゅ》
真田幸村《さなだゆきむら》
2番《ばん》・センター
伝説《でんせつ》の女地頭《おんなじとう》
井伊直虎《いいなおとら》
8番《ばん》・ショート
折《お》れないチームプレー
毛利元就《もうりもとなり》
3番《ばん》・レフト
秘技《ひぎ》おみくじ打法《だほう》
島津義久《しまづよしひさ》
おみくじ
7番《ばん》・サード
すて身《み》の独眼竜《どくがんりゅう》
伊達政宗《だてまさむね》
6番《ばん》・キャッチャー
粘《ねば》りの名人《めいじん》
徳川家康《とくがわいえやす》

新撰組《しんせんぐみ》ガーディアンズ
新撰組
GUARDIANS
3番《ばん》・キャッチャー
バットを持《も》つ闘将《とうしょう》
近藤《こんどう》勇《いさみ》
9番《ばん》・ピッチャー
ガラスのエース
沖田《おきた》総司《そうし》
4番《ばん》・ファースト
仏《ほとけ》の顔《かお》も0回《かい》
土方《ひじかた》歳三《としぞう》
誠
Guardians

1番《ばん》・ライト
さきがけの肝《きも》っ玉《たま》
藤《とう》堂《どう》平《へい》助《すけ》
6番《ばん》・セカンド
新撰組《しんせんぐみ》のミサイル男《おとこ》
伊《い》東《とう》甲《か》子《し》太《た》郎《ろう》
5番《ばん》・レフト
しずかなる仕事人《しごとにん》
斎《さい》藤《とう》一《はじめ》
8番《ばん》・サード
炎《ほのお》のフルスイング
永《なが》倉《くら》新《しん》八《ぱち》
7番《ばん》・センター
やさしきバットマン
山《やま》南《なみ》敬《けい》助《すけ》
Guardians
2番《ばん》・ショート
男一匹《おとこいっぴき》
原《はら》田《だ》左《さ》之《の》助《すけ》

戦国《せんごく》ベースボール
SENGOKU-BASEBALL

最強《さいきょう》の戦闘集団《せんとうしゅうだん》！ 新撰組《しんせんぐみ》、推参《すいさん》!!

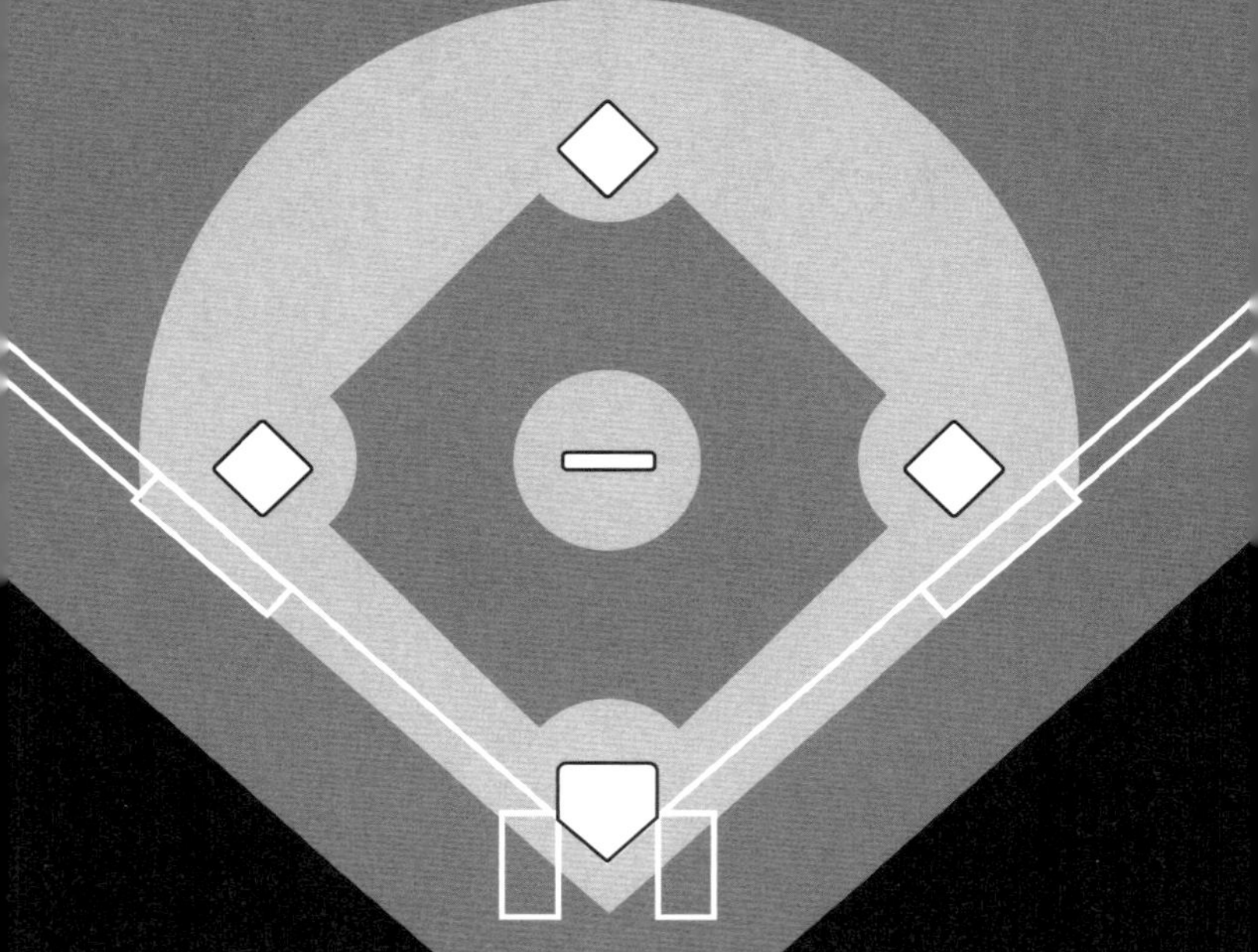

1章《しょう》 新撰組《しんせんぐみ》、推参《すいさん》!!

地獄甲子園準々決勝!!
戦国武将 vs 最強の戦闘集団!

試合開始までもうしばらく
お待ちください

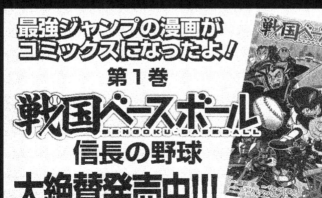

遠《とお》いむかし、戦国時代《せんごくじだい》。当時《とうじ》の日本《にほん》は乱《みだ》れていました。世《よ》の中《なか》を支配《しはい》していた幕府《ばくふ》の力《ちから》が弱《よわ》まっていたためです。

戦国武将《せんごくぶしょう》たちは、自分《じぶん》こそ平和《へいわ》な世《よ》をつくってみせる、と戦《いくさ》をくりかえしましたが、それはかえって民衆《みんしゅう》をくたくたにつかれさせていました。

やがて地上《ちじょう》はたくさんの犠牲《ぎせい》の上《うえ》に平定《へいてい》されますが、しかし戦国武将《せんごくぶしょう》たちは死《し》んで地獄《じごく》にいってしまっても、そこを安《やす》らぎのある場所《ばしょ》にする、といってあらそいをやめません。

でも、彼《かれ》らは現世《げんせ》で学《まな》びました。合戦《かっせん》では犠牲《ぎせい》を生《う》むだけ。

そこで戦国武将《せんごくぶしょう》たちは考《かんが》えます。せめて地獄《じごく》ではそれをなくしたい。同《おな》じ戦争《せんそう》でも平和《へいわ》的《てき》にあらそいたいと。

そして地上《ちじょう》でおこなわれている、あるスポーツを見《み》て思《おも》いつきました。これなら平和《へいわ》をみださずに戦《いくさ》ができて、しかもおもしろそうだ。

そうして彼《かれ》らが選《えら》んだあらそいの手段《しゅだん》が、野球《やきゅう》でした。

現世《げんせ》

山田虎太郎《やまだこたろう》は小学六年生《しょうがくねんせい》。地元《じもと》の少年野球《しょうねんやきゅう》チームでピッチャーをしています。内気《うちき》だけどとてもやさしい性格《せいかく》で、しかも実力《じつりょく》は折《お》り紙《がみ》つき。名門高校野球部《めいもんこうこうやきゅうぶ》のスカウトも注目《ちゅうもく》するほどです。

今日《きょう》は、そんな虎太郎《こたろう》がいるチームの、練習試合《れんしゅうじあい》がありました。虎太郎《こたろう》が投《な》げて、新加入《しんかにゅう》のキャッチャーが受《う》けるさいしょの試合《しあい》。1―0とリードして、いよいよ最終回《さいしゅうかい》をむかえていますが……。

「逃《に》げるんじゃない」

四番《ばん》バッターを敬遠《けいえん》しようとした虎太郎《こたろう》を、チームの新《しん》キャッチャー、川島高臣《かわしまたかおみ》が、マウンドまできて注意《ちゅうい》しました。

状況《じょうきょう》は一点《いってん》リードの、ツーアウトランナー二塁《るい》。

そこでむかえる四番打者《ばんだしゃ》を、虎太郎《こたろう》が敬遠《けいえん》しようとしたところです。

「ど、どうしてさ、高臣《たかおみ》クン。ヒットで同点《どうてん》、ホームランなら逆転《ぎゃくてん》されるんだよ？」

「打《う》たれたらな。でもおまえはチームのエースだ。逃《に》げずにおれのリードのとおりに投《な》げろ。おさえられる」

高臣《たかおみ》は、メガネを指《ゆび》で押《お》しあげていいました。

短《みじか》くととのえた髪《かみ》に切《き》れ長《なが》の目《め》。虎太郎《こたろう》と同《おな》い年《どし》で、成績《せいせき》はクラストップ。ちょっととっつきにくい性格《せいかく》ですが、相手《あいて》をここまで0点《てん》におさえている実力派《じつりょくは》のキャッチャーです。

「自信《じしん》、あるの？」

虎太郎《こたろう》が聞《き》くと、高臣《たかおみ》はコクリとうなずきます。

「相手《あいて》のこれまでの打席《だせき》、おれはずっと外《そと》をついて攻《せ》めていた。だからむこうはいま、外《そと》に意識《いしき》があるはずだ。ここでインコースをつけば、かならず打《う》ち損《そん》じる。心配《しんぱい》ない」

「ホ、ホント？」

「ウソはいわない。だから逃《に》げるな。強気《つよき》でいくんだ」

高臣《たかおみ》はそれだけいうと、表情《ひょうじょう》を変《か》えずにキャッチャーボックスへ帰《かえ》っていきました。

だいじょうぶかな……。

虎太郎《こたろう》にはまだ迷《まよ》いがありましたが、でも、もう高臣《たかおみ》を信《しん》じるしかありません。前《まえ》を見《み》て、高臣《たかおみ》がだしたサインにうなずきます。

そして虎太郎《こたろう》が覚悟《かくご》をきめた、その数秒後《すうびょうご》。

虎太郎《こたろう》のチームに、勝利《しょうり》の大歓声《だいかんせい》があがっていました。

※

試合《しあい》のあと。

グランドに夕日《ゆうひ》の色《いろ》がとけこむ中《なか》、ベンチではチームのみんなで、試合後《しあいご》のミーティングがおこなわれていました。

今日《きょう》のゲームは新《しん》キャッチャー、高臣《たかおみ》の活躍《かつやく》で見事《みごと》に勝《か》てたので、その完封勝利《かんぷうしょうり》に、さぞみんなご機嫌《きげん》だろうと思《おも》われましたが……。

「そんなことはあたり前《まえ》だろう。合理的《ごうりてき》ではないシステムは見《み》なおしていくべきだ」

冷静《れいせい》な口調《くちょう》でいってみんなを見《み》まわすのは高臣《たかおみ》で、

「ご、合理的《ごうりてき》とか、そんな問題《もんだい》じゃないよ！いままでウチは、そのきまりでやってきてるんだからね！」

手《て》をにぎっていいかえしているのは、虎太郎《こたろう》です。

そしてふたりのその様子《ようす》を、チームメイトたちはため息《いき》をつきながら見守《みまも》っていました。

ふたりがなにをあらそっているのかというと、試合《しあい》でエラーをした選手《せんしゅ》のことでした。

0点《てん》でおさえたこの練習試合《れんしゅうじあい》ですが、じつは試合中《しあいちゅう》、サードを守《まも》るチームメイトが、一度《ど》だけエラーをしたのです。

ただ、内容《ないよう》はエラーと呼《よ》ぶにはびみょうなものです。

ふつうなら届《とど》かない打球《だきゅう》をとろうと、サードの選手《せんしゅ》が腕《うで》をグイッとのばしたけっかでした。運悪《うんわる》くボールはグラブを弾《はじ》き、サードにはエラーがついたのです。

そして虎太郎《こたろう》のチームには、あるルールがあります。エラーをした選手《せんしゅ》は試合《しあい》のあとでグランド三周《しゅう》、というものなのですが、

「積極的《せっきょくてき》にボールをとりにいったけっかだ。罰走《ばっそう》はバカげている」

と、高臣《たかおみ》がそれに反対《はんたい》しているのです。

「でも、でも、高臣《たかおみ》クン！　そのきまりはウチのチームに、むかしからあるルールなんだから！　みんなそうしてきたのに……！」

「何回《なんかい》も同《おな》じことをいわせるな。筋《すじ》のとおらないルールは変《か》えていくべきだ」

「筋《すじ》だってとおってる！　ペナルティがあるからエラーがへるんじゃないか！」

「話《はなし》にならんな」

メガネを指《ゆび》で押《お》しあげ短《みじか》いため息《いき》をもらすと、高臣《たかおみ》はプイとむこうをむきます。

「ど、どうしたの？」

虎太郎《こたろう》は不安《ふあん》になりながら、呼《よ》びとめるように高臣《たかおみ》へ声《こえ》をかけました。

「無駄《むだ》な時間《じかん》だった。虎太郎《こたろう》の実力《じつりょく》は認《みと》めるが、そんな考《かんが》えかたでは成長《せいちょう》はない。一試合《ひとしあい》だけだったが、チームはやめさせてもらう」

「ちょ、ちょっと待《ま》ってよ！」

虎太郎《こたろう》は声《こえ》を荒《あら》らげますが、高臣《たかおみ》はたちどまりません。みんなにかまわず、スタスタとむこうへ歩《ある》いていきます。

そんな彼《かれ》を虎太郎《こたろう》は追《お》いかけようとしますが、

「もう、いいよ、虎太郎《こたろう》」

チームメイトがそれをとめました。

「ど、どうして？　いまとめないと……」

「いや、おまえも冷静《れいせい》になれよ。あれじゃあ、いま話《はな》したって無駄《むだ》だって。明日《あした》、おちついてから学校《がっこう》で話《はな》しあおう」

「え……」

虎太郎《こたろう》はいますぐに話《はな》しあいたかったのですが、

「……わかった……」

チームメイトの言葉《ことば》も、もっともだと思《おも》いました。高臣《たかおみ》だけでなく、自分《じぶん》だっていまは頭《あたま》に血《ち》がのぼっています。まともな話《はな》しあいができるとは思《おも》えません。

――高臣《たかおみ》クンはやっとめぐりあえた、理想《りそう》のキャッチャーなんだ……。

虎太郎《こたろう》の頭《あたま》の中《なか》には、高臣《たかおみ》と呼吸《こきゅう》のあった今日《きょう》のピッチングが思《おも》いだされます。

天才《てんさい》だ、怪物《かいぶつ》だともてはやされてきた虎太郎《こたろう》ですが、これまでのキャッチャーでは、自《じ》分《ぶん》の実力《じつりょく》を思《おも》うように発揮《はっき》できてはいませんでした。

でも、いつも冷静《れいせい》な高臣《たかおみ》とのバッテリーは、感情《かんじょう》に流《なが》されがちな虎太郎《こたろう》との相性《あいしょう》のよさが、あきらかです。

——かならず説得《せっとく》しなくちゃ……。

虎太郎《こたろう》はくちびるをかんで、去《さ》っていく高臣《たかおみ》の背中《せなか》をじっと見《み》つめました。

※

高臣《たかおみ》は夕日《ゆうひ》を背中《せなか》にして帰《かえ》り道《みち》をいきながら、

「はあ……」

と、軽《かる》いため息《いき》をつきました。

またでてしまった自分《じぶん》の意地《いじ》っぱりな性格《せいかく》が、ちょっといやになります。

たしかに虎太郎《こたろう》への言葉《ことば》は正《ただ》しいと自信《じしん》を持《も》てますが、なにもあそこまでいうことなかったなあと、高臣《たかおみ》は後悔《こうかい》していました。

どうして、いいすぎてしまったんだ。

ひっきりなしに車《くるま》がいきかう横《よこ》の道路《どうろ》を見《み》ながら、高臣《たかおみ》はぼんやりと考《かんが》えました。

高臣《たかおみ》はこれまで自分《じぶん》の性格《せいかく》がわざわいして、どのチームでもやっかい者扱《ものあつか》いでした。だからいつもひとりぼっちで、野球《やきゅう》が楽《たの》しくありません。

だけど、虎太郎《こたろう》はちがいました。そんな高臣《たかおみ》の実力《じつりょく》を認《みと》めてチームに誘《さそ》ってくれ、しかもキャッチャーに推薦《すいせん》してくれたのです。

高臣《たかおみ》のこれまでを知《し》っている他《ほか》のチームメイトは反対《はんたい》しましたが、

『ぼくと、絶対《ぜったい》に相性《あいしょう》がいいと思《おも》う。過去《かこ》にこだわるのはよくないよ！』

という虎太郎《こたろう》の言葉《ことば》で、みんなは納得《なっとく》してくれたのです。

だから高臣《たかおみ》にとって虎太郎《こたろう》は、ピッチャーとしてはもちろん、友《とも》だちという意味《いみ》でも最《さい》高《こう》のパートナーのように思《おも》えました。だからこそ、バカげたことはやめさせようと、さっきはいいすぎてしまったのです。

「……明日《あした》、ちゃんとあやまるか」

小《ちい》さな声《こえ》でそういって、自分《じぶん》のかげから視線《しせん》をあげたとき。

パアァァ！

周囲《しゅうい》に車《くるま》のクラクションが大《おお》きな音《おと》で鳴《な》りひびいて、ヘッドライトがまぶしく高臣《たかおみ》をてらしました。

※

「えええええっ！」

その日《ひ》の夜《よる》。虎太郎《こたろう》はお母《かあ》さんの話《はなし》を聞《き》いて、目《め》が飛《と》びでそうなほどおどろきました。

「う、うそでしょ、母《かあ》さん。そんな……」

「うそでこんなこといわないわよ」

お母《かあ》さんは真剣《しんけん》な顔《かお》で、虎太郎《こたろう》の目《め》を見《み》ます。

「さっき電話《でんわ》があったのよ。川島高臣《かわしまたかおみ》クンって子《こ》が事故《じこ》にあったって」

「た、高臣《たかおみ》クンが……。ケ、ケガはっ？」

「それがね」

お母《かあ》さんはここでひと息《いき》ついて、悲《かな》しそうな顔《かお》をしました。

「ケガはたいしたことないけど、頭《あたま》を打《う》って、意識《いしき》がまだもどらないみたい。ねえ、高臣《たかおみ》クンって、最近《さいきん》チームにはいってきた子《こ》よね？」

「う、う、うん……」

虎太郎《こたろう》は気《き》が遠《とお》くなりながらも、お母《かあ》さんになんとかそう返事《へんじ》をします。そしてフラフラと階段《かいだん》をのぼり、二階《かい》にある自分《じぶん》の部屋《へや》にむかっていきました。

背中《せなか》からお母《かあ》さんがなにか聞《き》いてきた気《き》もしますが、耳《みみ》にはいりません。虎太郎《こたろう》は部屋《へや》にはいりいすに座《すわ》りこむと、ぼうぜんとしたまま、しばらく時間《じかん》をすごしました。

昼間《ひるま》は元気《げんき》だったあの高臣《たかおみ》クンが……。

——もしかしたら、これはぼくのせいかもしれない……。

なぜなら高臣《たかおみ》クンはいつも冷静《れいせい》で賢《かしこ》く、慎重《しんちょう》な性格《せいかく》です。だからこそキャッチャーとして優《すぐ》れていて、虎太郎《こたろう》もそれはわかっています。

そんな高臣《たかおみ》クンがぼやっとしていて事故《じこ》にあうなんて、考《かんが》えられない。もしかすると試《し》合《あい》のあとの自分《じぶん》との口《くち》げんかで、考《かんが》え事《ごと》をしていたのかもしれない。

ただでさえ友《とも》だちの事故《じこ》なんてショックなのに、虎太郎《こたろう》におとずれたそのしょうげきは二重《にじゅう》のものでした。顔《かお》からは血《ち》の気《け》がひいていきます。

「あああ……、どうしよう……」

虎太郎《こたろう》は頭《あたま》をかかえました。自分《じぶん》もむかし事故《じこ》でそうなったことがあって、つらさがよくわかっていたのです。

でも……。

虎太郎《こたろう》はなにかを思《おも》いつきます。

——そうだ……。

たしかぼくが事故《じこ》にあったあのときは、あのひとたちに助《たす》けてもらった。

あれ以来《いらい》、ちょくちょく地獄《じごく》に呼《よ》ばれてきびしい目《め》にもあったけど、ぼくはまだなんとか生《い》きていられる。

——それなら……。

「秀吉《ひでよし》さん……」

虎太郎《こたろう》はポツリとつぶやくと、窓《まど》を開《あ》けて真《ま》っ暗《くら》になった空《そら》をあおぎ見《み》ます。そしてこころに力《ちから》をいれて、自分《じぶん》の真上《まうえ》へ思《おも》いっきり叫《さけ》びました。

「秀吉《ひでよし》さんっ！　助《たす》けてよっ！」

地獄《じごく》

赤黒《あかぐろ》い空《そら》に真《ま》っ黒《くろ》な雲《くも》がうかぶここは、地獄甲子園球場《じごくこうしえんきゅうじょう》。

いまは地獄甲子園野球大会《じごくこうしえんやきゅうたいかい》が開催《かいさい》されていて、今日《きょう》はこれから、優勝候補《ゆうしょうこうほ》である茨城代表《いばらきだいひょう》『水戸《みと》ナットーメン』の試合《しあい》がおこなわれます。

そしてそのバックネット裏《うら》。

多《おお》くの魂《たましい》や鬼《おに》たちがならぶ中《なか》、鎧《よろい》かぶとのいでたちで目立《めだ》っているのは、桶狭間《おけはざま》ファルコンズの伊達政宗《だてまさむね》と毛利元就《もうりもとなり》。

ふたりはキャプテンの織田信長《おだのぶなが》に命《めい》じられ、水戸《みと》ナットーメンの偵察《ていさつ》にきていたのでした。

「しかし、どう考《かんが》えてもやっかいな野球大会《やきゅうたいかい》じゃのう、地獄甲子園《じごくこうしえん》は……。伊達《だて》どのはどう考《かんが》える？」

大《おお》にぎわいのお客《きゃく》さんの中《なか》で、毛利元就《もうりもとなり》が顔《かお》をしかめていいました。

「そうだな……」

伊達政宗《だてまさむね》も前《まえ》を見《み》ながらこたえます。

「わたしも、おそらく毛利《もうり》どのと考《かんが》えていることは一緒《いっしょ》だ。超閻魔大王《ちょうえんまだいおう》が気《き》まぐれで、『優勝《ゆうしょう》したチームのキャプテンが、歴史《れきし》の好《す》きなタイミングにもどって改造《かいぞう》していい』、などといいだすから……」

「うむ。とんでもない話《はなし》じゃ」

毛利元就《もうりもとなり》は表情《ひょうじょう》をくもらせました。

「歴史《れきし》というのは、人間《にんげん》たちが生《い》きた積《つ》みかさね。好《す》きにいじっていいなど言語道断《ごんごどうだん》じゃ。阻止《そし》するにはワシらファルコンズが優勝《ゆうしょう》して、歴史《れきし》を元《もと》どおりに動《うご》かすしかない」

「ああ。しかし地獄甲子園《じごくこうしえん》の出場《しゅつじょう》チームは強豪《きょうごう》ばかり。ちょっとやそっとでは優勝《ゆうしょう》などできないだろう。今日見《きょうみ》にきたこの水戸《みと》ナットーメンも、これまでどの試合《しあい》も十点以上《じゅってんいじょう》とって勝《か》っているツワモノだ。簡単《かんたん》に勝《か》たせてはくれない」

伊達政宗《だてまさむね》がいうと、ふたりはそろってため息《いき》をはきだしました。すると、

「なんじゃなんじゃ、なさけない！　ファルコンズの選手《せんしゅ》ともあろう者《もの》が！」

グランドからバックネット裏《うら》にいるふたりに声《こえ》をかけてくるのは、水戸《みと》ナットーメンのキャプテン、徳川光圀《とくがわみつくに》です。

「ほっといてくれ、光圀《みつくに》どの。だいたいおぬし、どうしてナットーメンにいるのだ？　ショーグンズの助《すけ》っ人《と》ではなかったのか」

ネット越《ご》しに伊達政宗《だてまさむね》がこたえると、光圀《みつくに》は首《くび》を横《よこ》にふりました。

「ありゃ血筋《ちすじ》の義理《ぎり》があって助《すけ》っ人《と》したにすぎん。ワシのチームはここじゃよ」

「ほう。まあ、優勝候補《ゆうしょうこうほ》と呼《よ》ばれる実力《じつりょく》、この政宗《まさむね》に見《み》せていただこうか」

「カーッカッカッカ！　こころしておがむがよいぞ！」

光圀《みつくに》はそういってじまんの杖《つえ》バットを高々《たかだか》とかかげ、

「見《み》せてやろう！　わが必殺《ひっさつ》の打法《だほう》！『ネバネバ納豆《なっとう》ねばり打《う》ち』を！」

そういって、ニヤリとわらいます。

「ネ、ネバネバ……、だと……？」

伊達政宗《だてまさむね》がおどろいた口調《くちょう》でいうと、

「ああ……。なんてダサい名前《なまえ》なんだ……」

毛利元就《もうりもとなり》のこめかみにも冷《ひ》や汗《あせ》が流《なが》れます。

でも、名前《なまえ》はダサくても優勝候補《ゆうしょうこうほ》チームキャプテンの必殺打法《ひっさつだほう》です。ここでしっかり偵《てい》察《さつ》して、ふたりは信長《のぶなが》に報告《ほうこく》しなければいけません。

伊達政宗《だてまさむね》と毛利元就《もうりもとなり》は、メモを手《て》にして身《み》をのりだします。

するとやがてグランドには審判《しんぱん》の赤鬼《あかおに》があらわれて、キャッチャーのうしろにたちました。そして前《まえ》を指《ゆび》さして、大《おお》きな声《こえ》でコールします。

「プレイボール！」

※

ここは桶狭間《おけはざま》ファルコンズの本拠地《ほんきょち》、地獄《じごく》の一丁目《いっちょうめ》スタジアム。

そこではさっきまでファルコンズの練習《れんしゅう》がおこなわれていましたが、地獄甲子園《じごくこうしえん》から伊達政宗《だてまさむね》と毛利元就《もうりもとなり》が帰《かえ》ってくると、グランドのふんいきはガラリと変《か》わりました。みんながマウンドに集《あつ》まって、真剣《しんけん》な顔《かお》をしています。

「ナットーメンが負《ま》けただと？」

信長《のぶなが》がギロリとにらむと、

「は、はい……」

超特急《ちょうとっきゅう》で帰《かえ》ってきたふたりは、はあはあと息《いき》をきらしながら、そうこたえました。

「信《しん》じられん」

ポツリとつぶやくのは、サルそっくりの戦国武将《せんごくぶしょう》、豊臣秀吉《とよとみひでよし》。練習中《れんしゅうちゅう》なのにバナナを食《た》べていて、しかも似合《にあ》いすぎていて誰《だれ》もそれに気《き》がつきません。

「ナットーメンは今大会《こんたいかい》の優勝候補《ゆうしょうこうほ》のひとつじゃぞ。簡単《かんたん》に負《ま》けるとは思《おも》えん」

「それが、秀吉《ひでよし》どの」

毛利元就《もうりもとなり》が息《いき》をととのえながら、いいました。

「ナットーメンは、相手《あいて》の地獄京都代表《じごくきょうとだいひょう》『新撰組《しんせんぐみ》ガーディアンズ』に、なすすべもなくあっさりと負《ま》けたのじゃ。スコアは０―９。徳川光圀《とくがわみつくに》の『納豆《なっとう》ネバネバねばーり打法《だほう》』も、相手《あいて》にはまったくつうじず……」

「いや、毛利《もうり》どの。あれは『ねばーりネバネバ納豆打《なっとうう》ち』ではなかったか？」

「いやいや、伊達《だて》どの。たしか『ねばり一番納豆打法《いちばんなっとうだほう》』で……」

ふたりがなんだったたっけ、といいあっていると、

「そんなダサい名前《なまえ》の打法《だほう》があるかっ！」

信長《のぶなが》に一喝《いっかつ》されて、伊達政宗《だてまさむね》と毛利元就《もうりもとなり》はしゅんとしてしまいます。ホントにあったのに……。光圀《みつくに》がダサくてややこしい名前《なまえ》をつけるから……。

ふたりが光圀《みつくに》をこころの中《なか》でののろっていると、信長《のぶなが》はバットのさきを地面《じめん》につきさして、まわりにいる選手《せんしゅ》たちを見《み》まわしました。

「みなの者《もの》！」

信長《のぶなが》のその声《こえ》を聞《き》くと、ファルコンズ全員《ぜんいん》の顔《かお》がひきしまります。やはり迫力《はくりょく》では信長《のぶなが》が一番《いちばん》。こればかりは誰《だれ》もかないません。

「つぎの相手《あいて》は、水戸《みと》ナットーメンを破《やぶ》った新撰組《しんせんぐみ》ガーディアンズになるだろう！　強敵《きょうてき》だが、我《われ》らには歴史《れきし》を守《まも》る使命《しめい》がある！　相手《あいて》が誰《だれ》でも負《ま》けられん！」

『おおっ！』

信長《のぶなが》の言葉《ことば》に、みんなが手《て》をあげてこたえます。秀吉《ひでよし》がひとりだけバナナをあげましたが、すぐに信長《のぶなが》になぐられてひっこめました。

「よいか！　試合《しあい》ではいつものように、ミスをおそれずに積極的《せっきょくてき》なプレーをせよ！　ぶざまな試合《しあい》をしたなら、たとえ勝《か》ってもワシに姿《すがた》を見《み》せるな！」

信長《のぶなが》はそういうと、頭《あたま》をさする秀吉《ひでよし》をジロリとにらみます。その視線《しせん》に、ドキンと心臓《しんぞう》がはねる秀吉《ひでよし》。

「あ、あの……。信長様《のぶながさま》。まだなにか……？」

「うむ、秀吉《ひでよし》よ。戦力《せんりょく》がいる。虎太郎《こたろう》を呼《よ》んでおけ」

「あ、はあ……。虎太郎《こたろう》ですか……」

命《めい》じられた秀吉《ひでよし》は、背中《せなか》に冷《ひ》や汗《あせ》をかきました。

なぜなら虎太郎《こたろう》はとくに最近《さいきん》、地獄《じごく》にくることをいやがっていて、説得《せっとく》がむずかしくなっていたからです。

どうやってこっちにひっぱってこよう。なんとかうまいこといってつれださないと、信《のぶ》長様《ながさま》に怒《おこ》られるし……。

秀吉《ひでよし》が腕《うで》をくんで首《くび》をひねった、そのときでした。

現世《げんせ》のほうから、秀吉《ひでよし》を呼《よ》ぶ声《こえ》が聞《き》こえます。それはとても小《ちい》さなものでしたが、たしかな気持《きも》ちのこもった熱《ねつ》のある声《こえ》でした。

「秀吉《ひでよし》さんっ！　助《たす》けてよっ！」

※

ぼくは地獄《じごく》にくると、秀吉《ひでよし》に案内《あんない》してもらって、超閻魔大王《ちょうえんまだいおう》がいるっていうお役所《やくしょ》につれていかれた。

それはコンクリート製六百六十六階《せいろっぴゃくろくじゅうろっかい》建《だ》ての建物《たてもの》で、超閻魔大王《ちょうえんまだいおう》の部屋《へや》は最上階《さいじょうかい》。

おそるおそる秀吉《ひでよし》と一緒《いっしょ》にエレベーターでのぼって部屋《へや》にはいると、そこには体《からだ》がとても大《おお》きくて目《め》つきのするどい超閻魔大王《ちょうえんまだいおう》が、小《ちい》さないすに無理《むり》やり座《すわ》ってテレビを見《み》ているところだった。

なにこれこわい……。

と、思《おも》ったけど逃《に》げられない。ブルブルふるえながらなんとか事情《じじょう》を話《はな》すと、

「……で、その友《とも》だちの命《いのち》をすくいたいと？」

超閻魔大王《ちょうえんまだいおう》は鼻《はな》クソをほじくりながら、かくにんするようにいった。

「う、うん……。できるんでしょ？　ぼくだって前《まえ》、信長《のぶなが》さんをつうじて閻魔大王《えんまだいおう》さんに命《いのち》をすくわれたし……。閻魔大王《えんまだいおう》に超《ちょう》ってつくくらいなんだから……」

「そりゃ、そのときはおまえのケガが、たいしたことなかったんじゃろ」

超閻魔大王《ちょうえんまだいおう》はそういって、鼻《はな》の穴《あな》から指《ゆび》をだした。でっかい鼻《はな》クソがついていた。

「でもいま現世《げんせ》を見《み》たが……、その高臣《たかおみ》とやらは、ちょっとヤバそうだな。そのときのおまえよりもヤバい。手《て》のほどこしようがない。お手《て》あげじゃ」

「……どうしようもないってこと？」

「そうとはいってない」

いってたじゃないか！ って全力《ぜんりょく》でツッコミたいけど、いまはがまん。機嫌《きげん》をそこねたらマズい相手《あいて》だ。

「なら、超閻魔大王《ちょうえんまだいおう》さん、なんとかできる？」

「まあ、たいくつじゃし、してやれんこともないが……」

「——ないが？」

その言葉《ことば》に、希望《きぼう》の光《ひかり》がともった気《き》がした。ぼくは言葉《ことば》をくりかえして、超閻魔大王《ちょうえんまだいおう》の目《め》をじっと見《み》つめる。

「まあ、ワシのヒマをつぶしてくれたら……。そうじゃ。虎太郎《こたろう》よ。おまえがよく助っ人《すけっと》にいくチームあるじゃろ。桶狭間《おけはざま》ファルコンズ」

「え、う、うん……」

「で、そのファルコンズは、たしかこれから地獄甲子園《じごくこうしえん》で、新撰組《しんせんぐみ》ガーディアンズと試合《しあい》だったのう？」

聞《き》いてないけど、そうなの？　と、となりに目《め》くばせすると、そこにいる秀吉《ひでよし》は、「うん」って感《かん》じでうなずく。

「それなら、虎太郎《こたろう》。おまえ、その新撰組《しんせんぐみ》ガーディアンズ相手《あいて》に完封《かんぷう》してみせろ。それが高臣《たかおみ》に命《いのち》をもどしてやる条件《じょうけん》だ」

超閻魔大王《ちょうえんまだいおう》はそういった。すると、

「ム、ムチャをいうな！」

秀吉《ひでよし》が怒《おこ》った口調《くちょう》でいいかえす。

「新撰組《しんせんぐみ》ガーディアンズは、優勝候補《ゆうしょうこうほ》のチームから九点《てん》もとったんじゃぞ？　いくら虎太《こた》郎《ろう》でも、完封《かんぷう》なんて、そんなムチャクチャな話《はなし》が……」

「ムチャクチャだから、おもしろい……、ではなくて、えーっと、そうじゃ。ことは命《いのち》に関《かん》することだぞ。簡単《かんたん》にはいかんわい」

「この気《き》まぐれ大王《だいおう》め……。おぬし、マジでいいかげんに……」

「――いいよ、秀吉《ひでよし》さん」

プリプリ怒《おこ》る秀吉《ひでよし》を、ぼくはとめた。

「なんじゃって、虎太郎《こたろう》。おぬし、友《とも》だちの命《いのち》をあきらめるのか？」

「ううん。逆《ぎゃく》だよ」

ぼくは目《め》をあげ、キッと超閻魔大王《ちょうえんまだいおう》をにらんだ。

「いいよ。やる」

「な、なんだとっ！　おぬしはガーディアンズのおそろしさを知《し》らんから……！」

ぼくの言葉《ことば》で、秀吉《ひでよし》はびっくりぎょうてん。だけど、ぼくはそれにかまわず話《はなし》をつづけた。最悪《さいあく》、ぼくがどうなったって、あの魔球《まきゅう》を使《つか》えば……！

「やるよ、超閻魔大王《ちょうえんまだいおう》さん！　ぼくはそのチームを完封《かんぷう》するから！　だから！」

いって、ぼくは超閻魔大王《ちょうえんまだいおう》をビッと指《ゆび》さす。

「約束《やくそく》は、かならず守《まも》ってよ！」

※

「完封《かんぷう》かあ。それ、見《み》てみたかったなあ。カッコよかったねえ、虎太郎《こたろう》クン」

宙《ちゅう》にうき、羽《はね》をぴょこぴょこ動《うご》かしながらそういうのは、天女見習《てんにょみなら》いのヒカル。地獄《じごく》でいつもぼくに色《いろ》んなことを教《おし》えてくれる、やさしい女《おんな》の子《こ》だ。

「うん……。だってさ、さからって、やっぱりやめたー、なんていわれたら、もうどうしようもないもん」

ぼくはスパイクのヒモをむすびながら、ヒカルにそうこたえた。

完封《かんぷう》っていうのは、先発《せんぱつ》ピッチャーが試合終了《しあいしゅうりょう》まで投《な》げきって、相手《あいて》の得点《とくてん》を0におさえること。

「たしかにねえ。超閻魔大王様《ちょうえんまだいおうさま》って、すごい気《き》まぐれで強引《ごういん》だから。働《はたら》きたくないときなんか、その日《ひ》を祝日《しゅくじつ》にしちゃうんだよ。血《ち》の池記念日《いけきねんび》とか、釜《かま》ゆで記念日《きねんび》とか」

「それは……、名前《なまえ》はアレだけど、ちょっとうらやましいなあ」

にがわらいをうかべながら、ぼくは決意《けつい》をこめてマウンドを見《み》る。

いま、ぼくがいるここは地獄甲子園《じごくこうしえん》の、ファルコンズベンチ。

外《そと》を見《み》ると、あいかわらず空《そら》は赤黒《あかぐろ》いし、変《へん》な鳥《とり》は飛《と》んでいるし、観客席《かんきゃくせき》に座《すわ》る鬼《おに》たちは地獄印《じごくじるし》のカチワリ氷《ごおり》を頭《あたま》にのっけて、試合開始《しあいかいし》を楽《たの》しみにしていた。

スタンドは満席《まんせき》で、通路《つうろ》にまで鬼《おに》や魂《たましい》の立《た》ち見《み》がいるような状態《じょうたい》だ。まだ試合開始前《しあいかいしまえ》なのに、ものすごい大《おお》きな声援《せいえん》がグランドに降《ふ》りそそいでいる。

いつもなら、無理《むり》につれてこられていやだなあって思《おも》ってるとこだけど、今日《きょう》ばっかりはそんなことをいっていられない。相手《あいて》を完封《かんぷう》して、高臣《たかおみ》クンを生《い》きかえらせなきゃいけないんだから。

「あ、そうだ。ねえ」

ぼくはあることを思《おも》いだして、ヒカルに声《こえ》をかける。

「どしたの？」

「うん。そういえば新撰組《しんせんぐみ》ガーディアンズって、どんなチームなの？　むこうのベンチにいるのが、つぎの対戦相手《たいせんあいて》のひとたちなんでしょ？」

「それを知《し》らないで、完封《かんぷう》なんて約束《やくそく》したの？　虎太郎《こたろう》クン」

ヒカルはあきれた口調《くちょう》でいった。だって、しかたないじゃん。

「えっとね、新撰組《しんせんぐみ》ガーディアンズは、優勝候補《ゆうしょうこうほ》の水戸《みと》ナットーメンに圧勝《あっしょう》した、いま話《わ》題《だい》のチームだよ。地獄新聞《じごくしんぶん》でも一面《めん》にのったんだから」

「優勝候補《ゆうしょうこうほ》に圧勝《あっしょう》？　すごい……」

いまさらだけど、完封《かんぷう》なんてだいじょうぶかな……。せめて完投《かんとう》にするとか交渉《こうしょう》すればよかった。

「あ、でも」

ぼくはまた、ヒカルに目《め》をうつす。

「新撰組《しんせんぐみ》って、なんとなく知《し》ってる気《き》がするなあ。テレビドラマとかで聞《き》いたことがあるのかもしれない」

「有名《ゆうめい》で、歴史好《れきしず》きなひとには人気《にんき》だからね」

ヒカルはにっこりわらう。

「新撰組《しんせんぐみ》っていうのは、江戸幕府《えどばくふ》の末期《まっき》に活躍《かつやく》した警察《けいさつ》みたいなひとたちだよ。すっごい規則《きそく》にうるさくて、幕府《ばくふ》にさからうひとたちをとりしまったり、そのあとは幕府軍《ばくふぐん》の一員《いちいん》として、戦争《せんそう》に参加《さんか》したりしたの」

「せ、戦争《せんそう》にも？」

「そう。とっても強《つよ》かったんだから。おまけに自分《じぶん》たちのルールにもきびしくて、門限《もんげん》を破《やぶ》っただけで切腹《せっぷく》とかあったの」

「門限破《もんげんやぶ》りで切腹《せっぷく》っ？」

冗談《じょうだん》じゃない。ぼくなんか、何回切腹《なんかいせっぷく》しなきゃいけないんだ。

「そのきまりを局中法度《きょくちゅうはっと》っていうんだけど、それをつくったのが、あのひとだよ。虎太郎《こたろう》クンも覚《おぼ》えてるでしょ？」

「ああ」

相手《あいて》ベンチに目《め》をやると、ヒカルがいっているひとはすぐにわかった。

土方歳三《ひじかたとしぞう》さんだ。

前《まえ》に敵《てき》チームの助《すけ》っ人《と》として、対戦《たいせん》したことがある。きびしい顔《かお》をしていて、めったに表情《ひょうじょう》を変《か》えないひと。自分《じぶん》にも他人《たにん》にもきびしそうだ。

「あの土方歳三《ひじかたとしぞう》さんが、そのきびしいルールをつくったの？」

「そのとおり！　ガーディアンズの副《ふく》キャプテンで、四番打者《ばんだしゃ》なんだよ。あのひとが隊《たい》をひきしめていたから、新撰組《しんせんぐみ》は当時《とうじ》の京都《きょうと》で、『壬生《みぶ》の狼《おおかみ》』っていわれておそれられてたの」

「壬生《みぶ》の狼《おおかみ》……」

なんか、強《つよ》そうだしカッコいい……。ちょっと、あこがれちゃう呼《よ》び名《な》だ。

ぼくはそう思《おも》いながら、相手《あいて》ベンチに目《め》をこらした。

そこではガーディアンズのひとたちが、背中《せなか》に『誠《まこと》』って書《か》かれたおそろいの羽織《はおり》を着《き》て、キャプテンっぽいひとからなにか指示《しじ》を受《う》けているようだった。

そしてガーディアンズは、ベンチの中《なか》での態度《たいど》がすごかった。

選手《せんしゅ》たちはみんな規則正《きそくただ》しくきちんとならんで座《すわ》っていて、誰《だれ》もかってな行動《こうどう》をしていない。チームとしてとてもまとまっているように見《み》える。

ヒカルがいったみたいにルールがきびしくて、それがきいているんだろうな。そういうものが徹底《てってい》してるってことは、きっと野球《やきゅう》でもミスが少《すく》ないにちがいない。

優勝候補《ゆうしょうこうほ》に圧勝《あっしょう》、か……。

「強《つよ》そうだな……」

ぼくがポツリとつぶやくと、

「そのとおり。こころしてかかれ」

ベンチの奥《おく》から、すごみのある声《こえ》がひびいてくる。

それは球場《きゅうじょう》に鳴《な》りひびいている歓声《かんせい》の中《なか》でもよくとおる、威厳《いげん》のある声《こえ》だった。

そしてぼくはこの声《こえ》の主《ぬし》に覚《おぼ》えがある。

息苦《いきぐる》しくなるようなこの感覚《かんかく》は、あのひとのものでまちがいない。近《ちか》くにいるだけでチクチク体《からだ》をさすようなこの威圧感《いあつかん》は、

「信長《のぶなが》さん……」

ぼくがふりむいて口《くち》にすると、そこにいたのはやっぱり戦国最強武将《せんごくさいきょうぶしょう》、織田信長《おだのぶなが》。

目《め》を光《ひか》らせ、まるで敵地《てきち》に足《あし》をふみいれたような真剣《しんけん》な顔《かお》で、ぼくを見《み》ていた。

「聞《き》いたぞ。ガーディアンズを完封《かんぷう》するそうだな」

「う、うん……。友《とも》だちの命《いのち》がかかってるんだ。だから、絶対《ぜったい》に……」

「ほう」

信長《のぶなが》はいって、こっちに近《ちか》づいてくる。そしてぼくのぼうしに手《て》をのせ、そこについている、かざりのＦ《エフ》マークをさわった。

「？　どうしたの、信長《のぶなが》さん」

「いや。ベースボールスピリットがそろそろかと思《おも》ったが、まだのようだ」

信長《のぶなが》はそうこたえると、ぼくの目《め》を見《み》た。

「いいか。よく聞《き》け、虎太郎《こたろう》」

「え、う、うん」

「ガーディアンズは手《て》ごわい。くわしくはあとでいうが、いまのままの貴様《きさま》では、とても完封《かんぷう》できる相手《あいて》ではないだろう」

「そ、そんな……。でも、完封《かんぷう》しなくちゃ。作戦《さくせん》はあるんだ。あの魔球《まきゅう》を使《つか》えば……」

「それは、やめておけ」

信長《のぶなが》は首《くび》を横《よこ》にふる。

「どうしてだよ、信長《のぶなが》さん。たとえぼくの体《からだ》がどうなっても……」

「バカめ。体《からだ》がついていかんということは、貴様《きさま》がいまあれを投《な》げても、まともなボールはむずかしいということだ」

「なら、どうすれば……」

「うむ。道《みち》はひとつじゃ」

「道《みち》？」

「そう。これまで貴様《きさま》は地獄《じごく》の野球《やきゅう》で、何度《なんど》も何度《なんど》も負《ま》けかけた。しかしそのたびに成長《せいちょう》し、勝利《しょうり》を手《て》にしてきたはずだ」

「う、うん……」

たしかに、そうだ。

ぼくは地獄《じごく》の試合《しあい》で、何度《なんど》もピンチを味《あじ》わった。だけどそのたびに信長《のぶなが》や秀吉《ひでよし》、ファルコンズのみんなに色《いろ》んなことを教《おし》えられて、なんとかいままで勝《か》ってきたんだ。

「なら、貴様《きさま》の道《みち》はそこしかない」

信長《のぶなが》はつづけるけど、意味《いみ》がわからない。表情《ひょうじょう》で言葉《ことば》の意味《いみ》を聞《き》くと、信長《のぶなが》はぼくの頭《あたま》についているF《エフ》マークを、ツンツンとつついた。

「貴様《きさま》が手《て》にした成長《せいちょう》、ということだ。それを見《み》せろ」

「成長《せいちょう》を……？　そりゃ、わかっているけど……」

「覚《おぼ》えても学《まな》んだとはかぎらない。それがむずかしい」

信長《のぶなが》は真剣《しんけん》な顔《かお》でいった。信長《のぶなが》のいうことこそ、よくわからないけど……。なんにせよ、がんばれってことかな？

「わかった。やってみるよ」

こたえると信長《のぶなが》はゲンコツでぼくの胸《むね》を軽《かる》くたたいて、ベンチの奥《おく》にもどっていった。

信長《のぶなが》も応援《おうえん》してくれてるんだ……。

そう思《おも》うと、やる気《き》はさらにメラメラと、こころの中《なか》でもえあがった。

――やってやるぞ……。

いつもは自分《じぶん》の命《いのち》がかかっている地獄《じごく》の野球《やきゅう》だけど、今回《こんかい》は友《とも》だちの命《いのち》だ。しかもそれはぼくの責任《せきにん》かもしれない。

成長《せいちょう》を見《み》せろと信長《のぶなが》はいった。

なら、ちゃんと見《み》てでよ。ぼくは、かならずそれを見《み》せるから。

ぼくは信長《のぶなが》のほうをむいて、こころの中《なか》でいった。

やるぞ！　自分《じぶん》のぜんぶを、今日《きょう》のピッチングにかけてやる！

整列《せいれつ》

やがて試合開始《しあいかいし》の時間《じかん》がくると、ぼくたちはホームをはさんで整列《せいれつ》し、ガーディアンズとむきあった。

相手《あいて》はみんなでおそろいの羽織《はおり》を着《き》ていて、整列《せいれつ》もピシッとまっすぐだ。

すごいなあ。ぼくのクラスじゃ、こうはいかないぞ。全校朝礼《ぜんこうちょうれい》のときも、みんなでワイワイ騒《さわ》いで先生《せんせい》が困《こま》っているのに。

感心《かんしん》するような気持《きも》ちで見《み》ていると、

「全員《ぜんいん》！　そろったかっ！」

先頭《せんとう》にたっているひとが、大《おお》きな声《こえ》をだした。さっきベンチの中《なか》で、みんなに指示《しじ》をだしていたひとだ。

『ねえ、ヒカル』

ぼくは頭《あたま》の中《なか》で、ベンチにいるヒカルに呼《よ》びかける。ヒカルはぼくとテレパシーでつながっているから、試合中《しあいちゅう》とかでもこうして話《はなし》ができるんだ。

『なに、虎太郎《こたろう》クン』

『うん。一応《いちおう》聞《き》いておきたいんだけど、むこうのキャプテンって、いま大《おお》きな声《こえ》をだしていた、四角《しかく》くて大《おお》きな顔《かお》のひと……』

と、ぼくがヒカルに聞《き》いている途中《とちゅう》。

「ワシが新撰組局長《しんせんぐみきょくちょう》！　近藤勇《こんどういさみ》であるっ！」

と、グランドが割《わ》れそうなほどでっかい声《こえ》で、そのひとが自己紹介《じこしょうかい》をする。

その言葉《ことば》でぼくの疑問《ぎもん》は解決《かいけつ》したけど、でもいくらなんでも声《こえ》が大《おお》きすぎ。

ファルコンズのみんなはとっさに耳《みみ》をふさいだけど、ガーディアンズのひとたちは手《て》をうしろでくんだまま、じっとたえている。応援団《おうえんだん》みたい。

「そして！　マントをはおった貴殿《きでん》が信長《のぶなが》どのかっ！　うわさはかねがね！」

ガハハとわらいながら近藤勇《こんどういさみ》は手《て》をさしだし、信長《のぶなが》はそれをにぎりかえす。

「こちらも貴様《きさま》のうわさは聞《き》いておるぞ。なんでも地獄甲子園《じごくこうしえん》に出場《しゅつじょう》した目的《もくてき》は、現世《げんせ》を法律《ほうりつ》でがんじがらめにしたいとか」

「……はっはっは！　がんじがらめなどと！」

近藤勇《こんどういさみ》は口《くち》もとに笑《え》みをうかべているけど、目《め》がわらってない。信長《のぶなが》もだ。

ふたりしてわらいながら視線《しせん》に火花《ひばな》をちらしてるの、なんだかすごいこわいんだけど……。みんなも冷《ひ》や汗《あせ》を流《なが》して、ふたりの様子《ようす》を見守《みまも》ってるし。

「……現世《げんせ》は！　乱《みだ》れておりますからなあ！」

しばらくにらみあいをつづけたあと、近藤勇《こんどういさみ》が手《て》をはなしてポツリとそういった。それでも大《おお》きな声《こえ》だった。

「信長《のぶなが》どのもごぞんじであろう！　現世《げんせ》ではきまりやルールが軽《かろ》んじられ！　みなが好《す》きほうだいやっておる！　ワシらが生《い》きていたころのきびしさは失《うしな》われている！」

「むかしより自由《じゆう》になったのだ。けっこうなことではないか」

「ワシはそう思《おも》わぬ！　現世《げんせ》には局中法度《きょくちゅうはっと》のような！　きびしいきまりが必要《ひつよう》だ！　ワシ

らは地獄甲子園《じごくこうしえん》で優勝《ゆうしょう》し！　そして歴史《れきし》を改造《かいぞう》してワシらが天下《てんか》を支配《しはい》する！　かならずや現世《げんせ》に規律《きりつ》をとりもどしますぞ！」

「貴様《きさま》のチームのように、か？」

「いかにも！」

「おろかなヤツめ。きびしさだけでは成長《せいちょう》などできぬ」

「やっかましい〜！　貴様《きさま》、いっていいことと悪《わる》いことが……」

イヤミたっぷりの信長《のぶなが》に、すっごい顔《かお》の濃《こ》い新撰組《しんせんぐみ》の選手《せんしゅ》が、かみつくように前《まえ》にでる。

でも……。

「ひかえぬかっ！　藤堂《とうどう》！」

すぐに近藤勇《こんどういさみ》の一喝《いっかつ》が飛《と》んだ。

「気持《きも》ちはわかるが、いまは整列《せいれつ》の時間《じかん》である！　風紀《ふうき》を乱《みだ》した罰《ばつ》により、藤堂平助《とうどうへいすけ》を腕《うで》立《た》て百回《ひゃっかい》の罰《ばつ》に処《しょ》する！」

「は、ははっ」

藤堂《とうどう》ってひとは、しかられるとおとなしくひきさがり、くちびるをむすんで列《れつ》にもどる。

あんなに勢《いきお》いがあって、ヤンチャそうなひとなのに。よっぽど近藤勇《こんどういさみ》がこわいみたいだけど、でも、たったあれだけのことで腕立《うでた》て百回《ひゃっかい》って……。

うわさのとおり、すごくルールにきびしいみたいだ。

『あれがガーディアンズのルール、地獄局中法度《じごくきょくちゅうはっと》だよ』

ヒカルの声《こえ》が頭《あたま》にひびく。

『ナットーメンに勝《か》ったときもそうだったんだ。九点差《てんさ》もつけて勝《か》ったのに、二《ふた》ケタ得点《とくてん》できなかったからって、全員《ぜんいん》でグランド百周《ひゃくしゅう》したらしいよ』

『ホ、ホントに？　二《ふた》ケタいかなかったからって……』

いくらなんでも、メチャクチャすぎない？

『それがガーディアンズってチームなんだよ。活躍《かつやく》できなかったらきびしい罰《ばつ》があるから、選手《せんしゅ》は気《き》が抜《ぬ》けないんだ。地獄局中法度《じごくきょくちゅうはっと》、きびしいから』

『す、すごい……』

こころの中《なか》に、おびえがはしる。くちびるをかんでそれを追《お》い払《はら》っていると、

「また会《あ》ったな。現世《げんせ》の少年《しょうねん》」

そんな声《こえ》が聞《き》こえてきた。目《め》をむけると、そこには相手《あいて》の副《ふく》キャプテン、土方歳三《ひじかたとしぞう》がたっていた。

「あ、うん。ひさしぶりだけど、今日《きょう》は負《ま》けないから。絶対《ぜったい》に勝《か》たなきゃいけないんだ」

「それはこちらとて同《おな》じこと。負《ま》けられぬ」

「同《おな》じ？」

「そうだ。近藤局長《こんどうきょくちょう》も申《もう》されておっただろう。おぬしならわかるんじゃないか？　いまの現世《げんせ》は規律《きりつ》もあいまいで、乱《みだ》れに乱《みだ》れておる」

「乱《みだ》れてって、そんなおおげさなものじゃないけど……」

っていいつつ、昼間《ひるま》の試合《しあい》のあとで、高臣《たかおみ》クンが罰走《ばっそう》をやめようといったことが思《おも》いうかぶ。そしてたったいま、近藤勇《こんどういさみ》がチームメイトにペナルティを命《めい》じたことも。

くらべると、やっぱり現世《げんせ》は規律《きりつ》があいまいってことになるのかな……。

だったらいまはむかしとちがって、現世《げんせ》じゃみんなの意識《いしき》がゆるくなってきてるっていえるかも……。あ、でも秀吉《ひでよし》は練習中《れんしゅうちゅう》、はしりながらでもバナナ食《た》べてるな。あれはたぶん、生《い》きていたころからそんな感《かん》じだろうな……。

誠
OKEHAZAMA
Falcons

「いいか、現世《げんせ》の少年《しょうねん》よ」

考《かんが》えていると、土方歳三《ひじかたとしぞう》の声《こえ》で意識《いしき》がもどる。

「せっしゃどもは、そんな現世《げんせ》をなおすために優勝《ゆうしょう》するのだ。おぬしにも目的《もくてき》があろうが、ここはあきらめてもらう」

土方歳三《ひじかたとしぞう》は強《つよ》い目《め》でそういった。

――でも……。

ぼくの頭《あたま》の中《なか》には、高臣《たかおみ》クンに受《う》けてもらった、現世《げんせ》でのピッチングが思《おも》いうかぶ。

ケンカこそしたけど、あのときのぼくたちには、たしかな信頼関係《しんらいかんけい》がめばえていた。

これならきっと、ぼくたちは無敵《むてき》のバッテリーになれると思《おも》っていた。そしてそれは、高臣《たかおみ》クンもそうだったと思《おも》いたい。

だから、負《ま》けられない。いや、――負《ま》けられないどころか、点《てん》もやれない。

絶対《ぜったい》に完封《かんぷう》してやるんだ。

ぼくは気持《きも》ちをこめて、手《て》をにぎった。そして土方歳三《ひじかたとしぞう》をキッとにらむ。

「――いい目《め》だ。男《おとこ》の一生《いっしょう》は、うつくしさをつくるためのものだ。せっしゃはいつもそう思《おも》っている。そしておぬしには、それができているようだ」

土方歳三《ひじかたとしぞう》は、表情《ひょうじょう》をピクリとも変《か》えずにいった。

「だが、気合《きあ》いだけで勝《か》てないのが野球《やきゅう》だ。きびしいきまりこそが、チームの力《ちから》を、そして社会《しゃかい》までもを強《つよ》くする。そしてせっしゃどもには、それができている」

たしかにきびしいきまりは、ミスをへらすかもしれない。選手《せんしゅ》を強《つよ》くするかもしれない。

ガーディアンズは優勝候補《ゆうしょうこうほ》をたおした強豪《きょうごう》かもしれない。

でも、ぼくの肩《かた》には友《とも》だちの命《いのち》がかかっているんだ。

だから！


「かならずぼくたちが勝《か》つ！　一点《いってん》だってやらないから！」

誠
誠

2章《しょう》 ベースボールスピリット?

	1	2	3	4	5	6	7	8	9	計	H	E
桶狭間												
新撰組												

OKEHAZAMA Falcons

1	豊臣	秀吉	右
2	井伊	直虎	中
3	島津	義久	左
4	織田	信長	一
5	真田	幸村	三
6	徳川	家康	捕
7	伊達	政宗	二
8	毛利	元就	遊
9	山田虎太郎		投

B
S
O

UMPIRE

CH	1B	2B	3B
赤	青	黒	桃
鬼	鬼	鬼	鬼

新撰組 GUARDIANS

1	藤堂	平助	右
2	原田左之助		遊
3	近藤	勇	捕
4	土方	歳三	一
5	斎藤	一	左
6	伊東甲子太郎		三
7	山南	敬助	中
8	永倉	新八	二
9	沖田	総司	投

一回表《いっかいおもて》

歓声《かんせい》にわくスタジアムをひきしめるような、ブォ〜、ブォ〜、というほら貝《がい》の音《おと》。

これが地獄甲子園名物《じごくこうしえんめいぶつ》の、試合開始《しあいかいし》を告《つ》げる合図《あいず》だ。

これを聞《き》いてからぼくはベンチにもどり、いつもの席《せき》に腰《こし》かける。すると、

「さ、いよいよだね」

ヒカルがとなりに座《すわ》って、真剣《しんけん》な表情《ひょうじょう》のまま、ひざの上《うえ》のお弁当《べんとう》をパカッと開《あ》けた。いま、しかもこの場《ば》で食《た》べるの？　まあ、いいけど。

ぼくはちょっとだけあきれた気持《きも》ちになりつつ、大《おお》きく息《いき》をはきだした。すると、

「虎太郎《こたろう》クン。試合《しあい》はファルコンズの先攻《せんこう》だったよね」

モグモグ口《くち》を動《うご》かしながら、ヒカルが聞《き》いてくる。

「うん。負《ま》けられない試合《しあい》が、いよいよはじまるよ。ちゃんと打線《だせん》が点《てん》をとってくれたらいいけど……」

もちろんぼくはこの試合《しあい》を完封《かんぷう》、相手《あいて》を0点《てん》におさえるつもりだけど、それでも一点《いってん》はとってもらわないと勝《か》つことができない。それに、むこうは優勝候補《ゆうしょうこうほ》を圧倒《あっとう》したっていうし……。実力《じつりょく》はどれくらいだろう？

「キャプテンの近藤勇《こんどういさみ》さんは、キャッチャーみたいだね」

ヒカルが相手《あいて》の守備練習《しゅびれんしゅう》を見《み》ながらいった。

「うん、そうだね。あと、さっきぼくと話《はな》していた土方歳三《ひじかたとしぞう》さんは、四番《ばん》でファーストを守《まも》るみたい」

「そんで相手《あいて》のピッチャーが……」

ヒカルがいって、ぼくたちはふたりでピッチャーマウンドに目《め》をうつす。

するとそこでは目鼻立《めはなだ》ちがキリッとしていて、風《かぜ》に髪《かみ》がサラサラゆれているイケメンが、足《あし》でマウンドの土《つち》をならしていた。

まわりの空気《くうき》にキラキラしたオーラをふりまいていて、少女漫画《しょうじょまんが》にでてきそうなひと。

たしかさっきの整列《せいれつ》のとき、前《まえ》のほうにいた選手《せんしゅ》だ。カッコいいけど、でもスポーツ選《せん》手《しゅ》として体《からだ》はちょっとほそいかな。たしか名前《なまえ》が……。

「総《そう》♡様《さま》……」

ヒカルがぼうっとした目《め》でいった。ほっぺがちょっと赤《あか》くなっている。

「――ヒカル？　どしたの？　あのひと、知《し》りあい？」

「えっ！」

話《はな》しかけると、ちょっとビクッてなるヒカル。

「そ、そ、そ、そんなことないよ！　あ、あたし、総《そう》♡様《さま》のファンクラブとか、ファン親《しん》衛《えい》隊《たい》とか、そんなの、はいってないから……！」

ヒカルは必《ひっ》死《し》で手《て》と首《くび》をブンブンふるけど、お弁《べん》当《とう》のフタに『沖《おき》田《た》♡総《そう》司《し》』って書《か》れていたのは見《み》逃《のが》せない。しかも総《そう》様《さま》って発《はつ》音《おん》もなんか変《へん》だ。

「……まあ、いいよ、それは。それより沖《おき》田《た》総《そう》司《し》さん？　って、どんなひとなの？　剛《ごう》速《そっ》球《きゅう》ピッチャー？　それとも変《へん》化《か》球《きゅう》投《とう》手《しゅ》？」

「それはね……」

ヒカルは手《て》の平《ひら》を前《まえ》でくむと、

「……とにかく、見《み》てればわかるよ。すごくカッコいいから……」

総サマ♥
LOVE
こっち向いて
沖田♥総司

と、またうっとりとした目《め》でいう。それ、完全《かんぜん》に『味方《みかた》のすごいひと』を紹介《しょうかい》するときの口調《くちょう》だからね。

アテにならないヒカルを横目《よこめ》にしつつ、ぼくはピッチャーマウンドを見《み》る。

そこでは沖田総司《おきたそうし》が投球練習《とうきゅうれんしゅう》を終《お》えたところみたいで、さわやかな汗《あせ》を流《なが》しながら、サラサラの髪《かみ》を手《て》でかきあげていた。そのしぐさを見《み》ると、観客席《かんきゃくせき》にいる女《おんな》の子《こ》鬼《おに》や女《おんな》の子《こ》魂《たましい》たちは、『キャー！』って、いっせいに黄色《きいろ》い声《こえ》をあげる。

それに手《て》を小《ちい》さくふってこたえる沖田総司《おきたそうし》と、

「ぐぬぬぬ！　おぬし！　沖田総司《おきたそうし》！」

顔《かお》を真《ま》っ赤《か》にして怒《おこ》る、一番《ばん》バッターの秀吉《ひでよし》。バッターボックスにたちながら、ドンドン足《あし》ぶみをしている。

「フッ。なんだい、ベイビー。そんなにこうふんしちゃって」

やわらかい声《こえ》で、キザな口調《くちょう》の沖田総司《おきたそうし》。

「くっ！　このキザ男《おとこ》！『なんだい、ベイビー』ではない！　おぬし、アイドルのモノマネなら他《ほか》でやらんか！　ここは地獄甲子園《じごくこうしえん》じゃぞ！」

「ハハ。ミーは野球《やきゅう》をしているだけだよ。だけど女《おんな》の子《こ》がほうっておいてくれないのさ。ま、地獄甲子園《じごくこうしえん》はミーにそまってしまったと思《おも》って、あきらめてくれたまえ」

「ムキーッ！」

顔《かお》を真《ま》っ赤《か》にして、ますますサルそっくりになる秀吉《ひでよし》。そして、

「ね？」

と、目《め》をキラキラさせてこっちをむくヒカル。でも、ぼくにはなにが『ね？』なのかわからない。これは恋《こい》する乙女《おとめ》の表情《ひょうじょう》だ。なにいっても無駄《むだ》っぽい。

ぼくはヒカルに半《はん》わらいをかえして、目《め》を前《まえ》にむけた。

こうなったら、自分《じぶん》の目《め》で相手《あいて》の実力《じつりょく》を見《み》きわめなくちゃ。

ぼくが腕《うで》をくんでそう考《かん》えていると、

「沖田《おきた》！」

キャッチャーの近藤勇《こんどういさみ》が怒《おこ》った口調《くちょう》で、でっかい声《こえ》をあげた。

「貴様《きさま》！　これ以上《いじょう》のおしゃべりは！　規律違反《きりついはん》だぞ！　相手《あいて》に敬意《けいい》を持《も》ち！　さっさと投《な》げないか！」

「はいはい」

沖田総司《おきたそうし》は、困《こま》ったように肩《かた》をすくめる。

「わかってるよ、ボス。ちょっとあそぶと、すーぐこれなんだから。おっかないペナルティを受《う》けない程度《ていど》には、がんばらないとね」

よゆうの顔《かお》でそういうと、沖田総司《おきたそうし》はボールを持《も》ってかまえをとった。バッターボックスの秀吉《ひでよし》は「う〜」とうなりながら、人間《にんげん》かサルかびみょうな顔《かお》のままだ。

「さ。投《な》げるよ、ベイビー。用意《ようい》はいいかなっ？」

「こい！　このキザ男《おとこ》！」

言葉《ことば》をかえすと、秀吉《ひでよし》は体《からだ》をグッとしずませてバットをたてた。

するとそれを合図《あいず》にしたかのように、沖田総司《おきたそうし》は足《あし》をふみこみ、体重《たいじゅう》を前《まえ》に移動《いどう》させながら右腕《みぎうで》を回転《かいてん》させていく。そして、

「これがマイフェイバリットボール！　三段《だん》ドロップさっ！」

と叫《さけ》び、秀吉《ひでよし》にむかってボールを投《な》げた。

その腕《うで》のふりはするどく、まるで空気《くうき》をきりさきそうなほど。

「三段《だん》ドロップッ？　どんなボールなのっ？」

ぼくはヒカルに聞《き》く。でもヒカルの目《め》はハートのままで、いまは役《やく》にたちそうにない。

ぼくはくちびるをむすびながら、ボールに視線《しせん》をもどした。しかし……。

――速《はや》くはないボールだな……。

それは『ギューンと一直線《いっちょくせん》！』って感《かん》じじゃなくて、ポーンと宙《ちゅう》にういたような、どっちかというとおそいボール。

ちょっと軌道《きどう》にクセがあるけど、あれだけならぼくにだって打《う》てそうだ。これは、たいしたことないかな。と、ホッとしかけた、そのとき――。

「あ、ああっ！」

ボールが見《み》せた変化《へんか》に、おもわずたちあがるぼく。打席《だせき》にいる秀吉《ひでよし》も、

「う、うおお？」

と、まるで手品《てじな》におどらされたかのように、空《から》ぶりしてずっこけた。

「な、なんじゃ？　なんじゃ、いまのは？」

秀吉《ひでよし》はたおれたまま、球《たま》をさがすように顔《かお》をキョロキョロさせる。そして、まだ信《しん》じられないって顔《かお》をして、キャッチャーミットにはいったボールを見《み》た。

「おどろいたかい？　いまのがミーの必殺《ひっさつ》ボール『三段《だん》ドロップ』さ」

沖田総司《おきたそうし》はボールを受《う》けとりつつ、勝《か》ちほこった声《こえ》と表情《ひょうじょう》でこたえた。

「さ、三段《だん》ドロップじゃと？」

「そうさ。近《ちか》くで見《み》て、どうだい？　まだ打《う》てると思《おも》うかい？」

「く……」

沖田総司《おきたそうし》の言葉《ことば》には『打《う》てないだろう？』って自信《じしん》がふくまれていて、秀吉《ひでよし》はそれになにもいいかえせない。

でも、それは理由《りゆう》のない自信《じしん》なんかじゃないと、ぼくは思《おも》っていた。

見《み》ていてわかる。あれは簡単《かんたん》に打《う》てるボールじゃなかった。

「ねえ、虎太郎《こたろう》クン。ドロップって、カーブみたいな変化球《へんかきゅう》でしょ？」

ようやく正気《しょうき》にもどったヒカルが聞《き》いてくる。

「うん。ただカーブみたいにナナメじゃなくて、ちょっとたてにおちる感《かん》じかな」

沖田総司《おきたそうし》のドロップの軌道《きどう》も、それ自体《じたい》はめずらしくない。でも……、

——変化《へんか》が大《おお》きすぎる……。

まがったと思《おも》ったら、そこからまたまがる。またまがったと思《おも》ったら、さらにそこからまたまがる。「もうまがらないだろう」ってところから、三段階《だんかい》くらいにわけて、グイッ、グイッとまがってくる感《かん》じ。

「三段《だん》ドロップの三段《だん》って、そういう意味《いみ》だったんだね……」

ぼくは冷《ひ》や汗《あせ》をかきながら、ヒカルにいった。

「うん。いったとおり、すごいでしょ？　総《そう》♡様《さま》は生《い》きていたころ剣《けん》の名人《めいじん》で、新撰組《しんせんぐみ》一番隊《ばんたい》の隊長《たいちょう》をつとめていたんだ」

「隊長《たいちょう》を？」

あんなきゃしゃな体《からだ》なのに、それはすごい。

「そうなの。総《そう》♡様《さま》ってね、そりゃもう天才《てんさい》って呼《よ》ばれるくらい強《つよ》かったんだよ。『三段《だん》突《づ》き』っていう技《わざ》をとくいにしていたから、きっとさっきの『三段《だん》ドロップ』も、その応《おう》

用《よう》だよ。もう、カッコよすぎでしょ？　ね？　ね？　ね？」

って、ヒカル。そんなうれしそうにしないでくれる？　すごいのはわかったけど、それ敵《てき》のボールだから。

「うーむ。偵察《ていさつ》された伊達《だて》どのや毛利《もうり》どのから、話《はなし》には聞《き》いていたが……」

「ああ。想像以上《そうぞういじょう》だ。ヤツは魔法《まほう》でも使《つか》っているのか？」

聞《き》いていると、ファルコンズベンチにも、動揺《どうよう》がはしっていた。戦国《せんごく》の豪傑《ごうけつ》たちでも、あのボールにはビックリみたいだ。

ぼくはゴクリとつばを飲《の》んで、また前《まえ》を見《み》た。するとそこでは沖田総司《おきたそうし》が、

「じゃ……、秀吉《ひでよし》クン。覚悟《かくご》はいいね？」

と、不気味《ぶきみ》にわらって打席《だせき》を見《み》つめていた。そして秀吉《ひでよし》の顔《かお》は、絶望《ぜつぼう》でひきつっている。

このあと、沖田総司《おきたそうし》はよゆうたっぷりの表情《ひょうじょう》をうかべたまま、まるでからかうように秀《ひで》吉《よし》を三振《さんしん》にしてしまう。

――そして、それは秀吉《ひでよし》だけじゃない。

先《さき》まわりしていっておくと、沖田総司《おきたそうし》は一回《いっかい》の秀吉《ひでよし》から六者連続《ろくしゃれんぞく》で、ファルコンズのバッターを三振《さんしん》にとった。

井伊直虎《いいなおとら》も真田幸村《さなだゆきむら》も、信長《のぶなが》だってあの三段《だん》ドロップには手《て》がでない。

しかも、よくないことはつづく。ガーディアンズのすごさは、沖田総司《おきたそうし》のピッチングだけじゃなかった。

ガーディアンズの本当《ほんとう》のすごさは――、
完封《かんぷう》を目指《めざ》すぼくにとって最悪《さいあく》なことに、そのバッティングにあったんだ……。

一回裏《いっかいうら》

カーン！

という音《おと》がひびきわたると、ぼくはきれいに打《う》たれたそのボールを、ぼうぜんとしたまま見送《みおく》っていた。

打球《だきゅう》はやがてライト前《まえ》におち、打《う》った近藤勇《こんどういさみ》は一塁《るい》でストップ。一塁走者《るいそうしゃ》の藤堂平助《とうどうへいすけ》は二塁《るい》へ。

ふたりがぼくを見《み》てニヤッとわらうと、スタンドからは大歓声《だいかんせい》がわきおこった。

——なんてことだ……。

「ふはははは！　虎太郎《こたろう》クンとやら！　いいボールを投《な》げるようだが！　我《われ》ら新撰組《しんせんぐみ》には通用《つうよう》せぬようだな！」

近藤勇《こんどういさみ》は一塁《るい》ベースの上《うえ》で、豪快《ごうかい》なわらい声《ごえ》をあげた。

「クソッ」

ぼくはくちびるをかんで、けっとばすようにマウンドの土《つち》をならした。すると、

『ダメだよ！　イライラしないで、虎太郎《こたろう》クン！』

ヒカルがテレパシーを使《つか》って、声《こえ》をかけてくれる。

でも、ぼくはそれに素直《すなお》にうなずけなかった。

なぜならこの回《かい》、ぼくは先頭《せんとう》バッターの藤堂平助《とうどうへいすけ》、三番《ばん》バッターの近藤勇《こんどういさみ》にヒットをあびてしまい、ワンアウトで一、二塁《るい》にしてしまったから。

ガーディアンズは投手《とうしゅ》だけじゃなくて、打撃《だげき》も侮《あなど》れない。完封《かんぷう》するって約束《やくそく》を、よりによってとんでもない強敵《きょうてき》のときにしてしまったぞ……。

「おちつくでござる！　虎太郎《こたろう》どの！」

くやしさにくちびるをかんでいたら、セカンドから真田幸村《さなだゆきむら》が声《こえ》をあげた。

「ヤツらは三振《さんしん》やアウトになればペナルティがあるから、なんとか塁《るい》にでたいだけでござる！　おそれることはござらん！」

「ペナルティが……」

現世《げんせ》のぼくのチームでいうところの、『エラーしたらグランド三周《しゅう》』のようなものかな。でも逆《ぎゃく》にいったら、それがあるから塁《るい》にでようと必死《ひっし》なんじゃ……。現世《げんせ》のチームだって、あの罰走《ばっそう》のおかげでエラーが少《すく》なかったと思《おも》うし。

そんなことを考《かんが》えていると、

「初回《しょかい》からトドメをさすことになるとはな。悪《わる》く思《おも》うな、少年《しょうねん》」

四番《ばん》バッター、土方歳三《ひじかたとしぞう》が打席《だせき》にはいってきた。

整列《せいれつ》のとき、ぼくと話《はなし》をした選手《せんしゅ》だ。表情《ひょうじょう》がぜんぜん変《か》わらないし、しかもいつも怒《おこ》ってるみたいで、目《め》つきがすごいこわいひと。

打席《だせき》にたつとこっちをにらみ、ぼくはそれだけでビビッてしまう。

『ね、ねえ、ヒカル』

ぼくはたまらずぼうしをふかくかぶって、ヒカルに話《はな》しかけた。

『わからないんだけどさ、どうしてこのひと、こんなに怒《おこ》ってるの？　ぼく、なにか悪《わる》いことしたっけ？』

『ううん。土方歳三《ひじかたとしぞう》さんは、いつもそんな感《かん》じだよ』

『いつも？』

『そう。土方歳三《ひじかたとしぞう》さん、新撰組《しんせんぐみ》では「鬼《おに》の副長《ふくちょう》」って呼《よ》ばれてたんだ。とにかくこわくて、強《つよ》いひとぞろいの隊員《たいいん》にもおそれられていたの。いったでしょ？　きびしい新撰組《しんせんぐみ》のおきてを定《さだ》めた、「局中法度《きょくちゅうはっと》」をつくったのもあのひとなんだから』

『お、鬼《おに》の副長《ふくちょう》……』

聞《き》いただけでふるえてしまいそうなアダ名《な》だ……。しかも鬼《おに》ってひびきが、土方歳三《ひじかたとしぞう》のイメージとピッタリなところが、またこわい。

「どうした、少年《しょうねん》！　はやく投《な》げぬか！」

「は、はいっ！」

目《め》を三角《さんかく》にする土方歳三《ひじかたとしぞう》に、ビビりまくった返事《へんじ》をするぼく。

でも……、ピッチングには手《て》を抜《ぬ》かないぞ！　こっちはピンチなんだから！

「じゃあ、いくよっ！」

ぼくは気合《きあ》いをこめると足《あし》をあげ、それを前《まえ》にふみこませる。そして背中《せなか》から腕《うで》をまわして、思《おも》いっきりボールを投《な》げこんだ。

「よしっ！」

リリースしたそれは、ぼくのイメージどおりの球《たま》。キャッチャーミットめがけてギューンと一直線《いっちょくせん》にむかっていく。――これなら！

「ほう。思《おも》ったよりボールがはしっている」

むこうは顔色《かおいろ》ひとつ変《か》えずに、投《な》げたボールをじっと見《み》ている。あくまで冷静《れいせい》だ。

なんか、いやな予感《よかん》がする……。そんな不安《ふあん》がぼくのこころをおそった、つぎの瞬間《しゅんかん》！

なんと土方歳三《ひじかたとしぞう》は、パチッとその目《め》を閉《と》じてしまった。

「な、なにしてるのっ！」

「フン。いくぞ、少年《しょうねん》。見《み》せてやろう」

しずかな口調《くちょう》の土方歳三《ひじかたとしぞう》。そして目《め》をクワッと見《み》ひらくと、

「鬼《おに》の目《め》にも七見打《なみだ》！」


そう叫《さけ》び、その血《ち》ばしる視線《しせん》でボールをギラリとにらみつけた。そして、

「ここだあっ！」

土方歳三《ひじかたとしぞう》はボールをガン見《み》したまま、バットをフルスイング！

それはボールの芯《しん》を見事《みごと》にとらえ、ライト前《まえ》へ火《ひ》をふくような打球《だきゅう》を弾《はじ》きかえした。

「マ、マズい！」

あの強烈《きょうれつ》なあたりじゃ、きっと二塁《るい》ランナーもかえってきちゃう！ 点《てん》をいれられたら、
高臣《たかおみ》クンが生《い》きかえれない！

もう、ダメだっ！

誠

「まかせろ、虎太郎《こたろう》！」

絶望的《ぜつぼうてき》な気持《きも》ちにおそわれたとき、ライトから秀吉《ひでよし》の声《こえ》が聞《き》こえた。

見《み》ると秀吉《ひでよし》は猛《もう》ダッシュで前《まえ》にでていて、素手《すで》のままひょいとボールをキャッチ！　そして、

「中国大《ちゅうごくおお》がえし！」

と、とくいの強肩《きょうけん》で、ホームにレーザービームのようなボールをかえしてきた。

「くっ！」

これには、本塁《ほんるい》をねらっていた藤堂平助《とうどうへいすけ》も急《きゅう》ブレーキ。あわててふりかえり、三塁《るい》までもどっていく。

——助《たす》かった……。

これ、ミスをおそれない秀吉《ひでよし》のプレーのおかげだ。素手《すで》でキャッチなんて、エラーしたらすべてがだいなしになるのに、ぼくのためにがんばってくれたんだ……。ウチにはエラーしたってペナルティがないから、思《おも》いきってできたのかも。

ぼくはぼうしをとって、秀吉《ひでよし》にお礼《れい》をしめした。秀吉《ひでよし》も軽《かる》く手《て》をあげてこたえてくれる。

ホッとしていると、

「失点《しってん》しなかったとは、運《うん》がいい」

一塁《るい》から土方歳三《ひじかたとしぞう》が話《はな》しかけてきた。

「土方歳三《ひじかたとしぞう》さん……。さっきの、なんなの？　目《め》をつぶったりして」

手品《てじな》のタネを聞《き》くような気持《きも》ちで問《と》うと、土方歳三《ひじかたとしぞう》は自分《じぶん》の目《め》を指《ゆび》さした。

「あれこそ、わが必殺《ひっさつ》『鬼《おに》の目《め》にも七見打《ななみだ》』。目《め》をつぶって精神《せいしん》をおちつけ、ものの速度《そくど》を七倍《ばい》のスローで見《み》る技《わざ》だ。君《きみ》がどれだけ速《はや》いボールを投《な》げようとも、せっしゃにはそれが七分《ぶん》の一の速度《そくど》に見《み》える」

「そ、そんな……」

それじゃたとえ１４０キロの速球《そっきゅう》でも、土方歳三《ひじかたとしぞう》には30キロに見《み》えるってこと？

『……ちがうよ、それ20キロだよ、虎太郎《こたろう》クン』

ぼくの計算《けいさん》ミスを指摘《してき》するヒカル。ちょっと恥《は》ずかしい。

『でも、虎太郎《こたろう》クン。やられちゃったね。これ、ちょっとマズいよ……。ワンアウトで満《まん》塁《るい》なんて……。どうする？』

『うん……』

外野《がいや》フライでも一点《いってん》。下手《へた》したら内野《ないや》ゴロでも点《てん》がはいってしまう。

秀吉《ひでよし》のおかげで失点《しってん》はまぬがれたけど、それでもかなり危険《きけん》なじょうたいだ。これを無《む》失点《しってん》におさえるなんて……。

やっぱり、あの魔球《まきゅう》を使《つか》わないと……。そう思《おも》って下《した》をむいていたら、

「魔球《まきゅう》は、いまの貴様《きさま》にはまだはやい」

信長《のぶなが》の声《こえ》が聞《き》こえてくる。

「虎太郎《こたろう》。未完成《みかんせい》なものなら、投《な》げても打《う》たれるのがオチだ。だからこそ、これまで使《つか》わなかったのであろう」

「でも……」

とこたえて目《め》をあげると、マウンドには信長《のぶなが》だけでなく、ファルコンズの内野手全員《ないやしゅぜんいん》が集《あつ》まってきていた。

伊達政宗《だてまさむね》も毛利元就《もうりもとなり》も真田幸村《さなだゆきむら》も徳川家康《とくがわいえやす》も、じっとぼくのことを見《み》つめている。

「みんな……」

心配《しんぱい》してきてくれてるんだ……。

「虎太郎《こたろう》よ」

信長《のぶなが》が言葉《ことば》をつづける。

「下《した》をむくな。貴様《きさま》はまだ点《てん》をいれられておらんだろう」

「え、でも……」

「『でも』ではない。貴様《きさま》は友人《ゆうじん》の命《いのち》を、それほど簡単《かんたん》にあきらめるのか？」

「そ、そんなわけない！」

ぼくは力《ちから》をこめて、だんげんした。

だって高臣《たかおみ》クンは、やっとめぐりあえた理想《りそう》のキャッチャーで、自分《じぶん》の意見《いけん》をきっぱりいえる友《とも》だちなんだ。

そんな大事《だいじ》な友《とも》だちがいま、意識《いしき》を失《うしな》って苦《くる》しんでいる。そしてそれは、もしかしたらぼくのせいかもしれない。

「絶対《ぜったい》に、生《い》きかえらせるんだ……！」

頭《あたま》の中《なか》には、現世《げんせ》で高臣《たかおみ》クンに受《う》けてもらったボールの手応《てごた》えがよみがえる。高臣《たかおみ》クンのアドバイスで相手《あいて》を打《う》ちとったときの、あの言葉《ことば》も思《おも》いだされる。

現世《げんせ》でぼくがやっと見《み》つけた居場所《いばしょ》は、高臣《たかおみ》クンとむかいあったマウンドの上《うえ》だ。あきらめるなんて、そんなことができるわけがない！

「こ、虎太郎《こたろう》クンよ……。ぼうしのＦ《エフ》マークが……」

徳川家康《とくがわいえやす》の声《こえ》が聞《き》こえてくるけど、いまはそれどころじゃない。

「信長《のぶなが》さん。ぼくはあきらめないよ！　ピンチだけど、絶対《ぜったい》にあきらめない！」

「ほう。しかしどうする？」

「どうするって……」

ぼくは返事《へんじ》に困《こま》って、まわりを見渡《みわた》した。

すべての塁《るい》はうまっていて、しかもワンアウトで、むかえるのは五番《ばん》バッターだ。ふつうなら、たぶんのりきれないピンチだけど……。

――いや、……待《ま》てよ。

ぼくは信長《のぶなが》の顔《かお》を見《み》ていて、あることを思《おも》いだす。

試合《しあい》の前《まえ》、信長《のぶなが》はぼくにいった。地獄《じごく》での成長《せいちょう》を見《み》せてみろと。

そうだ。地獄《じごく》で学《まな》んだことは、とても多《おお》い。

チームプレーもそうだし、本気《ほんき》で物事《ものごと》に打《う》ちこむことや、努力《どりょく》の大切《たいせつ》さ。なにが本当《ほんとう》のカッコよさかっていうのもそうだ。それに高《たか》い壁《かべ》に挑戦《ちょうせん》する覚悟《かくご》。夢《ゆめ》を持《も》つことや裏方仕《うらかたし》事《ごと》の重要《じゅうよう》さも知《し》った。使命《しめい》がひとを強《つよ》くするってことも。

ぼくはここで色々《いろいろ》なことを教《おし》えてもらって、ちょっとずつだけど強《つよ》くなっていった。

だからいま、それらをだしきれば、もしかしたらこのピンチでも……。

「できるか、虎太郎《こたろう》?」

信長《のぶなが》は、挑発《ちょうはつ》するようにニヤッとわらう。


「できる!」


ぼくが目《め》をあげて、力《ちから》をこめた言葉《ことば》を口《くち》にした瞬間《しゅんかん》、

「おおっ」

まわりにどよめきが起《お》こった。それに、なんだか自分《じぶん》の頭《あたま》のあたりがアツいような気《き》も

するけど……。

「こ、虎太郎《こたろう》クン！　頭《あたま》のＦ《エフ》マークが光《ひか》っているぞ！」

伊達政宗《だてまさむね》がぼくの頭《あたま》の上《うえ》を指《ゆび》さす。

「Ｆ《エフ》？」

いってぼうしをとって見《み》てみると、それは伊達政宗《だてまさむね》のいうとおりだった。

ぼうしにくっついているファルコンズの『Ｆ《エフ》』マークが、強《つよ》い光《ひかり》でかがやいている。

これ、なんだろう……？

「ようやくきたか……」

信長《のぶなが》がそういって、ぼくのぼうしを見《み》つめた。

「信長《のぶなが》さん、これって……？」

「――そのマークには、思《おも》いがこめられておる」

信長《のぶなが》はそういって、ぼくのぼうしを手《て》にとった。

「ファルコンズというチームをつくった者《もの》がこめた、ねがいのような魔法《まほう》じゃ。『ベースボールスピリットを持《も》つ者《もの》があらわれしとき、わが魔力《まりょく》をこめたＦ《エフ》マークは光《ひか》りかがやく

だろう』、となる。F《エフ》マークのかがやきは、貴様《きさま》の持《も》つベースボールスピリットの高《たか》まりをあらわすものだ」

「ベースボールスピリット？」

「そうだ。そのかがやきは、野球人《やきゅうじん》として覚醒《かくせい》した証拠《しょうこ》といいかえてもいい。眠《ねむ》っていた力《ちから》は地獄《じごく》での学《まな》びによっていま目覚《めざ》め、貴様《きさま》はベースボールスピリットの力《ちから》を手《て》にしたのだ」

「ち、力《ちから》を……」

いわれてみれば、自分《じぶん》の体《からだ》の中《なか》になにかを感《かん》じる。これまでにない、なにかから解放《かいほう》された感覚《かんかく》。まるで自分《じぶん》をしばりつけていたくさりから、体《からだ》が抜《ぬ》けだしたようだ。

「まさか、話《はなし》に聞《き》くあのベースボールスピリットを……」

「ただ者《もの》じゃないとは、思《おも》っておったが……」

まわりのみんなも、おどろいている。これって、そんなにすごいんだ……。

「虎太郎《こたろう》」

名前《なまえ》を呼《よ》び、信長《のぶなが》がぼくの頭《あたま》にぼうしをのせてくれた。

「その力《ちから》はあくまで自分自身《じぶんじしん》の力《ちから》。貴様《きさま》の体《からだ》の奥《おく》で眠《ねむ》っていたものだ。気持《きも》ちをおちつかせ、うまくコントロールしろ。あとは貴様《きさま》しだいじゃ。わかっているな？」

ぼくは信長《のぶなが》の言葉《ことば》に、「うん」と、はっきりとうなずいた。すると信長《のぶなが》はニヤッとわらい、

「はげめよ」

そういいのこして、一塁《るい》に帰《かえ》っていった。他《ほか》のみんなも口々《くちぐち》にぼくをはげまして、それぞれの守備位置《しゅびいち》にもどっていく。

――やってやるぞ……。

ぼくはこうふんをかくすように、マウンドの土《つち》を足《あし》でならした。

いま、ぼくは自分《じぶん》の中《なか》からふしぎな力《ちから》がつぎつぎに生《う》まれてきて、それが血《ち》や神経《しんけい》のように、体《からだ》のすみずみまでかけめぐっているのを感《かん》じていた。腕《うで》はもちろん、指先《ゆびさき》にも、足《あし》にも、髪《かみ》の毛《け》の一本《いっぽん》にだって。

――誰《だれ》にも、打《う》たれる気《き》がしない……。

「……もう、終《お》わったか？」

ふしぎな感覚《かんかく》を味《あじ》わっていると、打席《だせき》から声《こえ》が聞《き》こえてくる。

見《み》ると、口《くち》もとに黒《くろ》いマスクをした目《め》つきのするどいひとが、左打席《ひだりだせき》でじっとぼくを見《み》つめていた。ガーディアンズの五番《ばん》バッター、斎藤一《さいとうはじめ》っていったっけ。

「ごめん。終《お》わったよ。でも待《ま》ってもらって悪《わる》いけど、アウトになってもらうから」

「……おしゃべりをするつもりはない。——こい」

斎藤一《さいとうはじめ》はグッと体《からだ》をしずませて、変《へん》なかまえをとる。

バットを持《も》った手《て》をひいて先端《せんたん》をこっちにむけた、ビリヤードをするようなかまえ。

「——このいの鬼神丸国重《きしんまるくにしげ》バットは、ひと味《あじ》ちがうぞ」

斎藤一《さいとうはじめ》はそんなことをいって、ぼくをギラリとにらむけど……。鬼神丸《きしんまる》？

『鬼神丸国重《きしんまるくにしげ》っていうのは、斎藤一《さいとうはじめ》さんが新撰組《しんせんぐみ》で使《つか》っていた刀《かたな》だよ。地獄《じごく》にきたときにバットにしちゃったんだ』

『またムチャクチャな……』

ヒカルの説明《せつめい》に、あきれた口調《くちょう》でかえすぼく。

『気《き》をつけてね、虎太郎《こたろう》クン。斎藤一《さいとうはじめ》さんは、剣術《けんじゅつ》でもとくに突《つ》きの名人《めいじん》だったんだ。あ

のかまえも、きっと突《つ》きのスイングをするつもりだよ！』

『突《つ》きの……』

真田幸村《さなだゆきむら》の十文字《じゅうもんじ》ヤリバットみたいなものかな。こっちをにらむ斎藤一《さいとうはじめ》のふんいきは、いかにも達人《たつじん》って感《かん》じで、きっと手《て》ごわいんだろうけど……。

——でも……。

ぼくが手《て》にいれたあたらしい力《ちから》をためすには、ちょうどいい！

「いくよ！」

ぼくは足《あし》をあげると、背中《せなか》から腕《うで》をまわす。そして竹《たけ》のようにそれをしならせると、徳《とく》川家康《がわいえやす》のキャッチャーミットめがけて、思《おも》いっきり球《たま》を投《な》げこんだ。

指先《ゆびさき》からはなれたボールは空気《くうき》をきりさき、地面《じめん》をはうように、まっすぐギューンとのびていく。スピードもコントロールも、すべてが思《おも》いどおり！

ツメのさきまで神経《しんけい》がかよっているような、あたらしい感覚《かんかく》！

生《う》まれ変《か》わったようにさえわたる、体《からだ》のバランス！　これがぼくのあたらしい力《ちから》だ！

バスン！

「ス、ストライック！」

やがてキャッチャーミットから音《おと》が鳴《な》ると、一瞬《いっしゅん》おくれて審判《しんぱん》がコールする。

体勢《たいせい》をもどして見《み》てみると、場内《じょうない》はしずまりかえり、斎藤一《さいとうはじめ》は空《くう》をきった自分《じぶん》のバットを、信《しん》じられないって顔《かお》で見《み》つめていた。

「……こ、小僧《こぞう》……。なんだ、その球《たま》は……？」

「これはね……」

ぼくはボールを受《う》けとりながら、こたえた。するとようやく場内《じょうない》に歓声《かんせい》がもどって、ワアアアアという声《こえ》がシャワーのように降《ふ》ってくる。

「これはみんなが教《おし》えてくれた、ぼくのあたらしい力《ちから》だよ」

「……みんな、だと？　ファルコンズの連中《れんちゅう》ということか？」

斎藤一《さいとうはじめ》の質問《しつもん》に、ぼくは首《くび》を横《よこ》にふる。そして打席《だせき》をにらむとまた腕《うで》をふりかぶり、

「ファルコンズ全員《ぜんいん》に、現世《げんせ》のぼくの友《とも》だちだっ」

と、ぼくはまた力《ちから》いっぱい、ボールをキャッチャーミットに投《な》げこんだ。

3章《しょう》 虎《こ》太《た》郎《ろう》、孤《こ》立《りつ》無《む》援《えん》!?

	1	2	3	4	5	6	7	8	9	計	H	E
桶狭間	0									0	0	0
新撰組												

OKEHAZAMA Falcons

1	豊臣	秀吉	右
2	井伊	直虎	中
3	島津	義久	左
4	織田	信長	一
5	真田	幸村	二
6	徳川	家康	捕
7	伊達	政宗	三
8	毛利	元就	遊
9	山田虎太郎		投

B
S
O

UMPIRE

CH	1B	2B	3B
赤	青	黒	桃
鬼	鬼	鬼	鬼

新撰組 GUARDIANS

1	藤堂	平助	右
2	原田左之助		遊
3	近藤	勇	捕
4	土方	歳三	一
5	斎藤	一	左
6	伊東甲子太郎		二
7	山南	敬助	中
8	永倉	新八	三
9	沖田	総司	投

ぼくはあのあと、二者連続《にしゃれんぞく》でガーディアンズの打者《だしゃ》を三振《さんしん》にした。

満塁《まんるい》をむかえていた相手《あいて》だけど、三振《さんしん》じゃさすがにランナーは動《うご》けない。

ガーディアンズは大《だい》チャンスだった一回裏《いっかいうら》のスコアボードに、とうとう0の数字《すうじ》を刻《きざ》みこんだ。ぼくはワンアウト満塁《まんるい》の大《だい》ピンチを、見事《みごと》にしのいだんだ。

これには味方《みかた》はもちろん、相手《あいて》だってビックリ。

「あ、あの小僧《こぞう》の、あのボールを打《う》てというのか……。む、無理《むり》だ……」

「し、しかし三振《さんしん》すればグランド百周《ひゃくしゅう》だぞ？　せめてバットにあてなければ……」

ガーディアンズベンチからは、そんな声《こえ》が聞《き》こえてくる。

ぼくはベンチに帰《かえ》りながら、自分《じぶん》の手《て》をながめ、さっきの投球《とうきゅう》を思《おも》いかえしてた。

信長《のぶなが》はこれ、ベースボールスピリットって呼《よ》んでいたっけ。

なんだか自分《じぶん》の中《なか》の眠《ねむ》っていたものが、飛《と》びおきてきたような感覚《かんかく》がある。これを使《つか》えるんだったら、もう完封《かんぷう》だって夢《ゆめ》じゃない。高臣《たかおみ》クンの意識《いしき》も、すぐにもどすことができるはずだ。

ぼくはそう確信《かくしん》する。そして手《て》をグッとにぎり、

「よし！」

と、小声《こごえ》で気合《きあ》いをこめた。

だけどこのときのぼくは、まだ知《し》らなかったんだ。

この力《ちから》だって、かんぺきじゃないってことを。

六回表《ろっかいおもて》

一回裏《いっかいうら》のあれから五回《かい》の裏《うら》まで、ぼくは土方歳三《ひじかたとしぞう》にヒットを一本《いっぽん》許《ゆる》したものの、それ以《い》外《がい》の打者《だしゃ》は全員《ぜんいん》アウトにした。

しかも三振《さんしん》の数《かず》は、ここまででもう十一個《じゅういっこ》。

あとは打線《だせん》の活躍《かつやく》を祈《いの》るばかりだけど……。

ぼくはそう思《おも》いながらベンチに座《すわ》り、イライラしていた。

そしてそれは、相手《あいて》じゃなくて味方《みかた》に対《たい》してのものだ。

ぼくのピッチングは絶好調《ぜっこうちょう》。ストレートとカーブをくみあわせて、相手打線《あいてだせん》をほぼ完全《かんぜん》におさえている。

ただ……。

「ストライーック！」

ひびきわたる審判《しんぱん》の声《こえ》。ぼくは今日《きょう》、ベンチでこれを何回聞《なんかいき》いたかわからない。バッターの井伊直虎《いいなおとら》はやられたって顔《かお》をして、マウンドを見《み》ている。

ここまで両《りょう》チームのスコアは、どっちも0。むこうの打線《だせん》は、ぼくががんばっておさえているけど、こっちのバッターたちもぜんぜんだ。

「虎太郎《こたろう》クン。そんなにこわい顔《かお》しないの」

ベンチでむう〜ってなっていると、ヒカルがいたわるようにいってきた。まゆを八《はち》の字《じ》にして、すごく気《き》を使《つか》ってくれてるんだけど、そのひざにおかれたお弁当《べんとう》は何個目《なんこめ》か。

『だってさ。怒《おこ》りたくもなるよ。たよりないんだもん。ウチの打線《だせん》』

ぼくはまわりに聞《き》こえないように、テレパシーで返事《へんじ》をした。

『まあ、気持《きも》ちはわかるけど……』

ヒカルはにがわらいだ。

OKEHAZAMA
Falcons

『しかもさ、ヒカル。五回《かい》の裏《うら》なんか、毛利元就《もうりもとなり》さんがエラーしちゃうし……。守備《しゅび》だってたよりないよ』

『でも、虎太郎《こたろう》クン。毛利元就《もうりもとなり》さんのあれってエラーはついたけど、バウンドが変《か》わった打球《だきゅう》を、あきらめずキャッチしようとしたからじゃない。グラブは弾《はじ》いちゃったけど、しかたないと思《おも》うな』

『まあ、たしかにそうだけど……』

ぼくは表情《ひょうじょう》を同《おな》じにしたまま、腕《うで》をくむ。

それでも、たとえば現世《げんせ》のチームのように、エラーをしたら罰走《ばっそう》、なんてのがあったら、ちがうけっかになったかもしれない、とぼくは思《おも》う。

むこうのエラーは0。みんなボールに対《たい》して、必死《ひっし》にくらいつく。それに……。

「――やっぱりすごいボールだねえ、総《そう》♡様《さま》の三段《だん》ドロップ」

「うん……。そうだね」

ヒカルの言葉《ことば》で、ぼくは意識《いしき》をグランドにもどす。

そこでは井伊直虎《いいなおとら》がまた空《から》ぶりして、くやしそうに顔《かお》をしかめているところだった。

「ホント、絶対誰《ぜったいだれ》も打《う》てないよね、総《そう》♡様《さま》のあのボールは。地獄界最強《じごくかいさいきょう》ってあたしがかってに呼《よ》んでるくらいで……」

「……ヒカル、どっちの味方《みかた》？」

ツッコむと、ヒカルは気《き》まずそうにぼくから目《め》をそらした。なんてヤツだ。

ぼくはため息《いき》をつきつつ、沖田総司《おきたそうし》がたつマウンドに視線《しせん》をうつした。そこでは沖田総《おきたそう》司《し》が、あいかわらず観客席《かんきゃくせき》をバリバリ意識《いしき》した角度《かくど》で髪《かみ》をかきあげている。

あんなので、本当《ほんとう》にすごいひとなのかとうたがいたくなるけど……。

でも実際《じっさい》にすごいから手《て》に負《お》えない。それに沖田総司《おきたそうし》だけじゃなくてむこうの守備《しゅび》も、ハデさはないけど安定《あんてい》してる。

『やっぱりさ、ヒカル。ガーディアンズの守備《しゅび》がかたいのとか沖田総司《おきたそうし》さんのピッチングがいいのとかってさ、きっとエラーしたり打《う》たれたりしたら、きつーいお仕置《しお》きがあるからだと思《おも》うんだよね』

ぼくはまたテレパシーでヒカルにいう。

『そうなの？　よくわかんない』

『そりゃ、そうだよ。だってバツを受《う》けたくないから、がんばる。そしてがんばったけっかとして、相手《あいて》をアウトにしていく。簡単《かんたん》なりくつだよ』

『そうなのかなあ……』

ヒカルは首《くび》をかしげながら、お弁当《べんとう》を口《くち》にはこんだ。

どうして、わからないんだろう……。あたり前《まえ》だと思《おも》うんだけど……。

ファルコンズだってペナルティをつくったらいいんだ。そうしたら、もっとみんながんばるのに……。

そう考《かんが》えていたら、

「勝《か》ってごほうびだ！　ヌイグルミ持《も》った虎太郎《こたろう》の写真《しゃしん》とるんだ！」

打席《だせき》から、井伊直虎《いいなおとら》のそんな声《こえ》。

見《み》ると打球《だきゅう》はカーンと快音《かいおん》をのこし、レフト前《まえ》にポトンとおちていた。

「そろそろ目《め》がなれてきたぞ！　ファルコンズを侮《あなど》るんじゃねえ！（あたしの）かわいい虎太郎《こたろう》がいるんだぞ！」

井伊直虎《いいなおとら》は一塁《るい》ベースの上《うえ》からよくわからないことをいって、沖田総司《おきたそうし》をビシッと指《ゆび》さした。

　すると沖田総司《おきたそうし》はやれやれって感《かん》じで肩《かた》をすくめるけど、なにもいいかえせない。すずしい顔《かお》をしていても、三段《だん》ドロップが破《やぶ》られてくやしいんだ。

「ナイスヒット！」

「いいぞ、直虎《なおとら》どの！」

　ベンチからも、つぎつぎにそんな声《こえ》が飛《と》ぶ。

　ようし、ノーアウトのランナーだ。ようやくチャンスがまわってくるかもしれない……。

　いや、こういう場面《ばめん》こそ信長《のぶなが》にいって、つぎのバッターからでもなにかペナルティを……。

　そう思《おも》っていたら、

「虎太郎《こたろう》よ」

　その信長《のぶなが》が、となりの席《せき》に座《すわ》った。あまりのタイミングに「どうしたの？」と聞《き》くと、信長《のぶなが》はあごをつまんで、ちょっと真剣《しんけん》な顔《かお》になった。

「少《すこ》し、よいか。貴様《きさま》に新撰組《しんせんぐみ》の話《はなし》をしてやろうかと思《おも》ってな」

「新撰組《しんせんぐみ》の？」

信長《のぶなが》の話《はなし》は思《おも》っていたこととはちがったけど、ぼくは素直《すなお》にうなずいた。相手《あいて》のことも、知《し》りたかった。

「いいか、虎太郎《こたろう》。もう説明《せつめい》を受《う》けたかもしれんが、新撰組《しんせんぐみ》は幕末《ばくまつ》の京都《きょうと》で、反幕府勢力《はんばくふせいりょく》をとりしまるために生《う》まれた警察《けいさつ》のような組織《そしき》だ」

「うん。ヒカルに聞《き》いたよ。きまりにうるさかったって」

「そうだ。それがなぜかわかるか？」

「どうしてって……」

ぼくはマウンドの沖田総司《おきたそうし》を見《み》ながらこたえた。

「えっと……。きまりをつくって、味方《みかた》にがんばってもらうため？」

「そういう意味《いみ》もあったろう。しかしけっきょくのところをいってしまうと、きびしいルールがなければ、隊員《たいいん》たちをまとめられなかったからだ」

「そうなの？」

「ああ。意外《いがい》に思《おも》うかもしれんが、新撰組《しんせんぐみ》の隊員《たいいん》たちの身分《みぶん》は、武士《ぶし》だけではなかった」

「えっ。そうなんだ。全員《ぜんいん》が武士《ぶし》だと思《おも》ってたけど……」

だってみんな、時代劇《じだいげき》とかで見る武士《ぶし》の姿《すがた》そっくりだし……。

「武士《ぶし》以上《いじょう》に、武士道《ぶしどう》をきわめた者《もの》がいたことも事実《じじつ》だ。だが身分《みぶん》としては武士《ぶし》たちだけの集団《しゅうだん》ではない。隊員《たいいん》は農民《のうみん》や商人《しょうにん》など、色々《いろいろ》な者《もの》がいた。だからこそ価値観《かちかん》が様々《さまざま》で、きびしいルールがなければ統率《とうそつ》できなかった」

「で、でも、そのルールのおかげで、新撰組《しんせんぐみ》は活躍《かつやく》したんでしょ？　それならよかったじゃない」

「活躍《かつやく》はしたが……」

信長《のぶなが》は腕《うで》をくんで前《まえ》をむいた。

「けっきょくはその局中法度《きょくちゅうはっと》がきびしすぎ、脱走《だっそう》などがあいついだ。それもあって戦力《せんりょく》が弱《よわ》くなると仲間《なかま》割れも起《お》こり、幕府《ばくふ》の滅亡《めつぼう》とともに解散《かいさん》となってしまう」

「そうなんだ……」

なんか、想像《そうぞう》してたのとちがう……。

きっと幕末《ばくまつ》の京都《きょうと》でたくさん働《はたら》いて、時代《じだい》が変《か》わってもあたらしい政府《せいふ》にスカウトされたりしたんだろうなって思《おも》っていたけど……。

「虎太郎《こたろう》」

目《め》をおとしていたら、信長《のぶなが》がぼくを呼《よ》んだ。

「相手《あいて》を見《み》ていると、ファルコンズのルールを、もっときびしくしたほうがいいんじゃないか。貴様《きさま》はそう思《おも》っているかもしれん」

「あ、いや……」

見抜《みぬ》かれていて、なんかあせる。

「——信長《のぶなが》さんは、そう思《おも》わないの？」

「もちろん、思《おも》わぬ」

信長《のぶなが》はだんげんした。

「……理由《りゆう》を聞《き》いてもいい？」

「簡単《かんたん》なことだ。たとえば野球《やきゅう》なら、貴様《きさま》は練習《れんしゅう》を『したい』のと、『しなければならない』のと、どちらがうまくなると思《おも》う？」

「そりゃ、練習《れんしゅう》をしたいって思《おも》うほうがのびると思《おも》うけど……」

「そうだろう。そしてファルコンズは『したい』と思《おも》うヤツらの集《あつ》まりだ」

信長《のぶなが》はそういって、ぼくをじっと見《み》た。

「しばりつけることで手《て》にする力《ちから》には限界《げんかい》がある。バツをおそれていては、自由《じゆう》に動《うご》けん。

だが目的《もくてき》さえ持《も》っていれば、規則《きそく》などなくても誰《だれ》もががんばるだろう。がんじがらめの規《き》則《そく》で活躍《かつやく》させるなど、幻想《げんそう》にすぎん」

「でも……」

いいかけたところで、キインというバットの音《おと》。

グランドを見《み》ると、そこでは島津義久《しまづよしひさ》が強烈《きょうれつ》なゴロをはなち、一塁《るい》にダッシュしていた。

しかし……。

「よっしゃまかせろおおおお！」

と、やたらもえてるサードの永倉新八《ながくらしんぱち》がそれをうまくさばき、

「アッツいぜ～！」

と、二塁《るい》に送球《そうきゅう》。ダブルプレーはまぬがれたけど、井伊直虎《いいなおとら》はアウトになった。

そう。ガーディアンズには、きっとエラーしたらペナルティがある。だからみんな必死《ひっし》に打球《だきゅう》にくらいつくんだ。

「信長《のぶなが》さん。相手《あいて》は沖田総司《おきたそうし》さんのピッチングだけじゃなくて、守備《しゅび》だってかたいよ。ペナルティの力《ちから》は、こんなにすごいのに……」

「たしかに手《て》がたい守備《しゅび》だが、弱点《じゃくてん》もある」

自分《じぶん》の打順《だじゅん》がまわってきた信長《のぶなが》は、バットを手《て》にとりながらいった。

「虎太郎《こたろう》よ。ウチはさっきの回《かい》、毛利元就《もうりもとなり》のプレーにエラーがついた。ではガーディアンズのようにそのエラーをつかぬようにするには、どうしたらいい？」

「エラーを？」

なくす？　なんだろう？　練習《れんしゅう》とかペナルティとか？　いや、どっちも信長《のぶなが》が用意《ようい》したこたえじゃない気《き》がする。

「――わからない」

「そうか」

信長《のぶなが》はそういって、ベンチをでた。そして前《まえ》をむきながら、

「だが、ガーディアンズの少《すく》ないエラーにこそ、攻略《こうりゃく》の糸口《いとぐち》があるのだ」

と、いいのこした。

OKEHAZAMA
Falcons

意味《いみ》はわからなかったけど、ぼくは信長《のぶなが》のその言葉《ことば》に期待《きたい》する。

だけどけっきょく、ファルコンズはこの回《かい》も得点《とくてん》できなかった。

みんなセーフティバントをしたりだとかバットを短《みじか》く持《も》ったりだとか、色々《いろいろ》な工夫《くふう》をして満塁《まんるい》にまでもっていったけど、さいごのさいごでヒットがでなかった。

信長《のぶなが》のいう糸口《いとぐち》。

期待《きたい》はしたいけど、でも、これじゃただの強《つよ》がりに見《み》えてしまうよ……。

八回表《かいおもて》

そして両《りょう》チーム無失点《むしってん》のまま、八回表《かいおもて》。ファルコンズの攻撃《こうげき》。

ぼくにまわってきた打順《だじゅん》だけど、しょうじきいって気《き》が気《き》じゃない。手《て》に変《へん》な汗《あせ》をかいてる。

なぜならファルコンズは、この試合《しあい》二度目《どめ》の満塁《まんるい》のチャンスをむかえていたからだ。

ツーアウトとはいえ、大《だい》チャンス。でもここで登場《とうじょう》したのが、よりにもよってバッティングのにがてなぼくなのだ。

「なんでここで……」

ぼくはグチるように、打席《だせき》でつぶやいた。ファルコンズのバッターたちが苦戦《くせん》する沖田《おきた》総司《そうし》を、ぼくが打《う》てるはずないのに……。

そう思《おも》っていると、

「こわがるな！　虎太郎《こたろう》！」

ベンチから秀吉《ひでよし》の声《こえ》。

「見《み》ろ！　沖田総司《おきたそうし》のヤツ、弱《よわ》っておるぞ！　おぬしでも打《う》てる！　チャンスじゃ！」

「弱《よわ》ってる？」

いわれて見《み》ると、たしかに相手《あいて》ピッチャーの沖田総司《おきたそうし》の表情《ひょうじょう》は苦《くる》しそう。そういえば試《し》合《あい》がすすむにしたがって、はあはあと息《いき》をきらせて……。

「げふっ！」

「うわあ！」

と、とうとう口《くち》から血《ち》まではきだしたぞ！　これにはみんなビックリぎょうてん。両軍《りょうぐん》ともベンチから体《からだ》をのりだして、グランドを見守《みまも》っている。

「だ、だいじょうぶ？　沖田総司《おきたそうし》さん」

敵《てき》ながら心配《しんぱい》だ。バッターボックスから聞《き》くと、

「……ふっ。平気《へいき》だよ、ベイビー。もう死《し》んでいるから死《し》ぬ心配《しんぱい》はないのさ」

と、沖田総司《おきたそうし》は青《あお》い顔《かお》をしながら、地獄《じごく》ならではのこたえをいった。それってだいじょうぶっていえるの？

『虎太郎《こたろう》クン』

うわあ、って思《おも》っていると、頭《あたま》の中《なか》にヒカルの声《こえ》。

『あのね、総《そう》♡様《さま》は天才《てんさい》だったけど、じつは病弱《びょうじゃく》なんだ。新撰組《しんせんぐみ》にいたときも、病気《びょうき》で若《わか》くして死《し》んでしまったんだよ』

『そうなんだ。そういえば沖田総司《おきたそうし》さん、体《からだ》がほそくて、じょうぶそうじゃないもんね』

『でしょ？　病弱《びょうじゃく》の天才剣士《てんさいけんし》って、やっぱそこが人気《にんき》のひみつだと思《おも》うんだよね〜』

青《あお》い顔《かお》の沖田総司《おきたそうし》に、のんきな感想《かんそう》をいうヒカル。ファンってこわい……。

「沖田《おきた》あっ！」

うっかりヒカルのダークサイドをのぞいてしまって、またしても、うわあ、って思《おも》っていると、キャッチャーの近藤勇《こんどういさみ》が大声《おおごえ》をあげる。

「貴様《きさま》！　これくらいでバテてどうする！　わかっているな！　一点《いってん》とられるごとに！　漢字《かんじ》の書《か》きとり百《ひゃく》ページだ！」

「ひいっ！」

いいわたされたペナルティに、さらに顔《かお》を青《あお》くする沖田総司《おきたそうし》。そこにはもう、さっきまでのよゆうがない。

「それだけはいやだ……。いやだぞ……」

沖田総司《おきたそうし》はボールを持《も》ち、こっちをにらみつける。

そんなに漢字《かんじ》の書《か》きとりいやなのか……。まあ、ぼくだって百《ひゃく》ページはかんべんだけど。

「うう……。いくぞ、ベイビー！　もうなりふりかまわないからな！」

この試合《しあい》ではじめて真剣《しんけん》な顔《かお》をする沖田総司《おきたそうし》。その鬼気《きき》迫《せま》る表情《ひょうじょう》に、ぼくのこめかみからは、たらりと一筋《ひとすじ》の汗《あせ》が流《なが》れた。

「これがミーの必殺中《ひっさつちゅう》の必殺《ひっさつ》！　四段《だん》ドロップだあっ！」

八回裏《かいうら》

四段《だん》ドロップ……。

たしかにスピードはゆるいものだったけど、まがりかたはすさまじかった。

胸《むね》の高《たか》さのボールが、グググググッと、なんとひざのあたりまでおちてくる。

三段《だん》ドロップですら手《て》がでなかったのに、それがパワーアップしちゃったんじゃ……。

「あんなの、打《う》てっこないじゃん。どうしよう……」

ぼくはマウンドの土《つち》をならしながら、そうつぶやく。頭《あたま》の中《なか》には高臣《たかおみ》クンのことがよみがえってきていた。

いまもきっと、高臣《たかおみ》クンは苦《くる》しんでいるのに。ふたりでバッテリーをくんで、もっとたくさんやりたいことがあったのに。なのに……。

本当《ほんとう》に意識《いしき》をもどせる？　あの四段《だん》ドロップを攻略《こうりゃく》して？

無理《むり》だよ、それ……。だって、ぼくだけのがんばりじゃ、どうしようもないもん……。

ぼくはマウンドにたち、ため息《いき》をつく。すると、

『ね？　ね？　ね？　すごかったでしょ？　総《そう》♡様《さま》の、あの必殺技《ひっさつわざ》！』

さっきからこうふんしっぱなしのヒカル。

ぼくが三振《さんしん》して、ベンチで守備《しゅび》の準備《じゅんび》をして、マウンドまでやってきて、ロージンバッグをポンポンしていても、まだ話《はな》しかけてくる。

『――っていうか、ヒカル。ホントにうれしそうだね……』

こっちはこんなにおちこんでるのに……。

いや、あるよ。ってこころの中《なか》でツッコミつつ、ぼくは相手《あいて》ベンチの中《なか》で息《いき》をきらして座《すわ》っている、沖田総司《おきたそうし》に目《め》をうつした。

『そ、そんなことないけどさ』

――やっぱり、すごいな。

あんなに苦《くる》しそうなのに、ペナルティのきびしさで復活《ふっかつ》したんだ。

信長《のぶなが》にさからうわけじゃないけど、やっぱりペナルティってウチにも必要《ひつよう》なんじゃない

かと思《おも》う。相手《あいて》の必死《ひっし》なプレーを見《み》れば、それはあきらかだ。

「それにしても、おどろきだ。少年《しょうねん》」

考《かんが》えていると、この回《かい》の先頭《せんとう》バッター、土方歳三《ひじかたとしぞう》が声《こえ》をかけてきた。打席《だせき》に堂々《どうどう》とたっていて、あいかわらずするどい目《め》つきだ。

「なにが、おどろきなの？」

「おぬしのピッチングだ。しょうじき、ここまでやるとは思《おも》わなかった」

「――そう」

それでも、土方歳三《ひじかたとしぞう》には今日《きょう》の打席《だせき》ぜんぶで打《う》たれている。

それも『鬼《おに》の目《め》にも七見打《なみだ》』。ボールが七倍《ばい》のスローになるって、あの反則《はんそく》としか思《おも》えない必殺技《ひっさつわざ》で。ベースボールスピリットでパワーアップしたぼくの球《たま》でも、土方歳三《ひじかたとしぞう》にはまだ通用《つうよう》しないんだ。

「しかし、少年《しょうねん》。もう試合《しあい》も終盤《しゅうばん》。そろそろ決着《けっちゃく》をつけねばなるまい」

土方歳三《ひじかたとしぞう》はそういうとグッと体《からだ》をしずませて、

「――こい！」

低《ひく》い声《こえ》で、そういった。ギラリとこちらをにらみつける眼光《がんこう》は、それだけでこわい。鬼《おに》の副長《ふくちょう》、なんて呼《よ》ばれているだけはある。

「クソッ！」

ぼくは恐怖《きょうふ》をふり払《はら》うように、腕《うで》を思《おも》いきりふってボールを投《な》げる。

だけども、やっぱりあの目《め》ににらまれていることそのものが、きっとプレッシャーになっちゃったんだと思《おも》う。

けっきょくぼくは土方歳三《ひじかたとしぞう》にフォアボールをあたえてしまって、ノーアウトのランナーをだしてしまった。——しかも……。

「くうっ！」

と、くやしそうな声《こえ》をあげたのは、ショートの毛利元就《もうりもとなり》。

ぼくは五番《ばん》の斎藤一《さいとうはじめ》を三振《さんしん》にしたものの、六番《ばん》の伊東甲子太郎《いとうかしたろう》に強《つよ》いゴロを打《う》たれてしまった。

それでも、飛《と》んだ場所《ばしょ》は二遊間《にゆうかん》のびみょうなところ。

「毛利元就《もうりもとなり》さんっ！」

もしかしたらキャッチできるかも！　ぼくは首《くび》をまわしてうしろを見《み》るけど、打球《だきゅう》のスピードは思《おも》ったよりもするどい。伊東甲子太郎《いとうかしたろう》の打《う》ったボールは毛利元就《もうりもとなり》がのばしたグラブを弾《はじ》き、センターにころがっていった。

「うう……」

毛利元就《もうりもとなり》はくやしそうに、グランドにたおれたまま地面《じめん》をたたく。スコアボードを見《み》ると、そこにはエラーをしめすE《イー》の文字《もじ》。

……どうしよう……。

完封《かんぷう》しなきゃいけない試合《しあい》で、ワンアウト一、二塁《るい》。状況《じょうきょう》は最悪《さいあく》だ。『エラーなんて別《べつ》にいいよ』って気《き》にはなれない。

『ドンマイだよ！　虎太郎《こたろう》クン！』

目《め》を下《した》にむけていると、ヒカルの声《こえ》。

『だって……。いまのだって、毛利元就《もうりもとなり》さんがエラーしなければ……』

『えー』

ヒカルはそんな声《こえ》をだして、ぼくの言葉《ことば》を打《う》ち消《け》した。

『虎太郎《こたろう》クン。いまのってさ、エラーはついたけど、毛利元就《もうりもとなり》さんにとってはギリギリのプレーだよ。責《せ》めちゃかわいそうだと思《おも》うな』

『だけど……』

毛利元就《もうりもとなり》のエラーは今日《きょう》ふたつ目《め》。

どっちのプレーもしかたないってヒカルはいうけど、本当《ほんとう》にそう？

もしエラーにペナルティがついていたら？　そしたらもうちょっと、毛利元就《もうりもとなり》の腕《うで》はのびたかもしれない。

「なんでだよ……。こんなときに……」

ぼくはマウンドにたち、ボールを見《み》ながら思《おも》う。なんだか自分《じぶん》がスーッと元《もと》にもどっていく感覚《かんかく》があったけど、おとずれたピンチに冷静《れいせい》にはなれなかった。

だいたい、信長《のぶなが》だってあますぎると思《おも》う。

自分《じぶん》たちはいいよ。完封《かんぷう》できなくても、試合《しあい》に勝《か》てば目的《もくてき》ははたせるんだから。

だけど、ぼくにとっては大事《だいじ》な友《とも》だちの命《いのち》がかかっている一戦《いっせん》だ。

この試合《しあい》なんか、ぼくがひとりだけでがんばって、相手《あいて》を0点《てん》におさえてるんじゃないか。

野手《やしゅ》はぜんぜん点《てん》をとってくれないし、毛利元就《もうりもとなり》なんか二回《かい》もエラーをするし。

そりゃどっちもむずかしい打球《だきゅう》だったけど、ファルコンズのルールにペナルティさえあれば、ちがうけっかになったはずなんだ。

なのに……。

『こ、虎太郎《こたろう》クン……』

生《う》まれてくるグチをずっと頭《あたま》の中《なか》でつぶやいていると、ヒカルがふるえる声《こえ》でぼくの名《な》前《まえ》を呼《よ》んだ。

『今度《こんど》は、なに？』

イライラが、口調《くちょう》をつっけんどんにする。

『なに？　じゃないよ、虎太郎《こたろう》クン。頭《あたま》のＦ《エフ》マークが……』

『Ｆ《エフ》マーク？』

ベンチをチラ見《み》すると、そこではヒカルがふるえる指《ゆび》でぼくを指《さ》して、ぼうぜんとこちらをながめていた。

なんだろう？　ぼくはふしぎに思《おも》って、かぶっていたぼうしをぬいだ。そしていわれたとおりF《エフ》マークをかくにんすると……。

「ああっ！」

さっきまで、たしかに光《ひか》りかがやいていたそのF《エフ》マーク。でも、いまはなぜかその光《ひかり》が失《うしな》われていて、ただ信号機《しんごうき》のようにチカチカと点滅《てんめつ》しているだけだ。

「こ、これって……」

なに？　どういうこと？

ぼくは呼吸《こきゅう》を荒《あら》くしながら、理由《りゆう》を問《と》いかけるようにヒカルのほうをむいた。

するとヒカルは困惑《こんわく》したような表情《ひょうじょう》をうかべて、うーんと腕《うで》をくむ。

『やっぱり、アレじゃないかな……』

『アレって？　なに？　はやくF《エフ》マークを光《ひか》らせないと……』

このままじゃ、ガーディアンズの打者《だしゃ》をおさえられない。

ぼくにはいま、自分《じぶん》の中《なか》から、どんどん力《ちから》が抜《ぬ》けていくような感覚《かんかく》があった。やっと覚《かく》醒《せい》したものが、また体《からだ》のふかい場《ば》所《しょ》で眠《ねむ》りについちゃうような、そんな感《かん》覚《かく》。

『アレってアレだよ、虎《こ》太《た》郎《ろう》クン。信《のぶ》長《なが》さんがいってたじゃない。F《エフ》マークのかがやきは、虎《こ》太《た》郎《ろう》クンが地《じ》獄《ごく》で成《せい》長《ちょう》した証《あかし》だって』

『ああ、うん』

たしか、そんなことといってたっけ。

『それじゃあ、こたえはひとつだよ。きっと虎《こ》太《た》郎《ろう》クンはさ、知《し》らない間《あいだ》に地《じ》獄《ごく》で成《せい》長《ちょう》したことを、わすれかけているんだ』

『そ、そんなことないよ！　ぼくはわかって……』

いいかけて、ぼくは信《のぶ》長《なが》の言《こと》葉《ば》を思《おも》いだす。

『覚《おぼ》えても学《まな》んだとはかぎらない』

そうだ。試《し》合《あい》がはじまる前《まえ》、信《のぶ》長《なが》はたしかにそういっていた。

だとしたら、いまのぼくは地《じ》獄《ごく》で学《まな》んだことを頭《あたま》でわかっていても、本《ほん》当《とう》の意《い》味《み》で理《り》解《かい》はしていないってこと？　いや、でもさっきまではたしかに光《ひか》っていた。なら、この短《みじか》い時《じ》間《かん》の間《あいだ》に、それをわすれちゃった？

「そんな……」

ぼくは声《こえ》にだしてつぶやき、助《たす》けをもとめるように一塁《るい》の信長《のぶなが》を見《み》た。

でも信長《のぶなが》は腕《うで》をくみ、きびしい目《め》でぼくを見《み》ている。

――あ、怒《おこ》ってる……。ぼくが本能《ほんのう》でそう感《かん》じとった瞬間《しゅんかん》。


「ぶざまな試合《しあい》をしたなら、たとえ勝《か》ってもワシに姿《すがた》を見《み》せるな！」


信長《のぶなが》のカミナリのような声《こえ》があたりにひびくと、歓声《かんせい》にわく場内《じょうない》はシンとしずまりかえった。観客《かんきゃく》はみんなあっけにとられてこっちを見《み》ていて、それほど信長《のぶなが》の迫力《はくりょく》はすさまじいものがあった。

「信長《のぶなが》さん……」

「いいか、虎太郎《こたろう》。他人《たにん》が自分《じぶん》より優《すぐ》れていたとしても、そんなものはだんじて恥《はじ》ではない。しかしいまの貴様《きさま》が過去《かこ》の自分《じぶん》と魂《たましい》の部分《ぶぶん》でくらべて劣《おと》っていたなら、それはどうしようもない恥《はじ》と知《し》れ！」

いかりがこめられた口調《くちょう》で、信長《のぶなが》はつづけた。

長《なが》くファルコンズで野球《やきゅう》をしながら、おまえは成長《せいちょう》していない。それどころか、ピンチを他人《たにん》のせいにばかりしている。

信長《のぶなが》はそういいたいんだと思《おも》う。なんとなくぼくにはその自覚《じかく》はあって、そのいかりの理由《りゆう》はあたり前《まえ》だと思《おも》った。自分《じぶん》がなさけなかった。

ぼくはくちびるをかみ、もう一度《いちど》F《エフ》マークに目《め》をこらす。

それはやっぱりさっきとあんまり変《か》わらず、チカチカと弱々《よわよわ》しい点滅《てんめつ》をくりかえしているままだ。

どうして……。

どうして消《き》えそうになるんだよ……。

勝《か》ちたい気持《きも》ちは、むしろ高《たか》まっているのに！　このままだったら高臣《たかおみ》クンが危《あぶ》ないのに！　どうして！

『虎太郎《こたろう》クン』

自分《じぶん》に怒《おこ》るような気持《きも》ちでいると、いたわるようなヒカルの声《こえ》。

『いまは、それでしかたないよ。一生懸命《いっしょうけんめい》に投《な》げていたらさ、きっとまた光《ひか》るから。がんばろうよ』

『光《ひか》る、かな……？』

『うん。きっと』

ベンチを見《み》ると、そこでヒカルはニッコリとうなずいていた。

『──そうだね……』

まだ納得《なっとく》はできなかったけど、ぼくは前《まえ》をむく。

ヒカルのいうとおり、なさけないけどいまはしかたがない。光《ひかり》をとりもどすには、がんばるしかないんだから……。


ぼくはこのあと、打席《だせき》にたっていた気《き》のやさしそうなオジさん、山南敬助《やまなみけいすけ》をレフトフライに打《う》ちとり、なんとかツーアウトにした。しかし、

「アッツいぜ〜！」

というのが口《くち》グセの、めっちゃもえてる永倉新八《ながくらしんぱち》にヒットを打《う》たれて、満塁《まんるい》とされてし

まう。やっぱりF《エフ》マークのかがやきがなければ、ガーディアンズをおさえることはむずかしい。

——だけど、ぼくは運《うん》がよかった。

このつぎは九番《ばん》バッターで、青《あお》い顔《かお》をしたピッチャーの沖田総司《おきたそうし》。

打力《だりょく》があまり高《たか》くない上《うえ》、体調《たいちょう》も悪《わる》そうだ。

それでも沖田総司《おきたそうし》はぼくの全力投球《ぜんりょくとうきゅう》に、何球《なんきゅう》かファールを打《う》つねばりを見《み》せたけど、さいごはなんとか三振《さんしん》にとることができた。

「おつかれさま、虎太郎《こたろう》クン」

ベンチに帰《かえ》ると、ヒカルがタオルを渡《わた》してくれる。ぼくは半《はん》わらいでそれをもらい、汗《あせ》まみれになった顔《かお》をふいた。

「虎太郎《こたろう》クン。つぎはいよいよ九回《かい》だね。打線《だせん》、がんばってくれるといいね」

「——そうだね……。延長戦《えんちょうせん》になっちゃったら、F《エフ》マークが光《ひか》ってないぼくじゃ、ちょっときびしいだろうし……」

なんとか九回《かい》、打線《だせん》に点《てん》をとってもらわないと……。

おねがいだから……、一点《いってん》でいいからとってほしい。そして高臣《たかおみ》クンを、現世《げんせ》によみがえらせて……。

ベンチに座《すわ》り、手《て》の指《ゆび》をくみあわせて、ぼくはそう念《ねん》じる。

するととなりのヒカルが、おだやかなしぐさでそっとなにかをとりだして、自分《じぶん》のひざの上《うえ》においた。

なんだろうと思《おも》ってチラッと見《み》ると、それはお弁当《べんとう》だった。フタのイラストは沖田総司《おきたそうし》。

バラをくわえている。

「総《そう》♡様《さま》……」

うっとり顔《がお》のヒカル。

っていうかこの状況《じょうきょう》で、まだ食《た》べんの？

総司さま♥
LOVE
S.OKITA
OKITA

4章《しょう》　ガーディアンズの弱点《じゃくてん》！

	1	2	3	4	5	6	7	8	9	計	H	E
桶狭間	0	0	0	0	0	0	0	0		0	9	2
新撰組	0	0	0	0	0	0	0	0		0	8	0

OKEHAZAMA Falcons

1	豊臣	秀吉	右
2	井伊	直虎	中
3	島津	義久	左
4	織田	信長	一
5	真田	幸村	二
6	徳川	家康	捕
7	伊達	政宗	三
8	毛利	元就	遊
9	山田虎太郎		投

B
S
O

UMPIRE

CH	1B	2B	3B
赤鬼	青鬼	黒鬼	桃鬼

新撰組 GUARDIANS

1	藤堂	平助	右
2	原田左之助		遊
3	近藤	勇	捕
4	土方	歳三	一
5	斎藤	一	左
6	伊東甲子太郎		二
7	山南	敬助	中
8	永倉	新八	三
9	沖田	総司	投

九回表《かいおもて》

この回《かい》の打者《だしゃ》は秀吉《ひでよし》から。

同点《どうてん》でむかえた九回《かい》の先頭《せんとう》バッターとしては悪夢《あくむ》のような打順《だじゅん》だけど、宝《たから》くじだって買《か》わなければあたらない。

奇跡《きせき》よ、起《お》これ！　秀吉《ひでよし》なら顔面《がんめん》デッドボールになって、ちょっとくらいかたちが変《か》わっても見《み》た目《め》にさしつかえないから、おねがいだから塁《るい》にでて！　って祈《いの》りをささげていると、

「……おぬしの視線《しせん》、どうも気《き》にさわるんじゃよね」

打席《だせき》にたっていた秀吉《ひでよし》はこっちをむいて、じぃーっとぼくを見《み》つめてきた。きっと野生《やせい》のカンだ。さすがサルにもっとも近《ちか》い戦国武将《せんごくぶしょう》。

痛《いた》い視線《しせん》にぼくが目《め》をそらすと、秀吉《ひでよし》はちぇっと舌打《したう》ちをして前《まえ》をむく。そしてバットのさきを、ビシッとマウンドにむけた。

「さあ、いいか。沖田総司《おきたそうし》よ！　ワシらを相手《あいて》にしながら、九回《かい》までがんばったことはほめてやろう。じゃがワシが打席《だせき》にたった以上《いじょう》、おぬしの命運《めいうん》もここまでじゃぜい」

「君《きみ》が？　ミーのボールを？　打《う》つって？」

プッとふきだす沖田総司《おきたそうし》。

「さようじゃ！　おぬしのボール、すでに信長様《のぶながさま》が見切《みき》っておるわ！　覚悟《かくご》せい！」

今日《きょう》は三振《さんしん》が四つと、いつものように絶好調《ぜっこうちょう》の秀吉《ひでよし》。口先《くちさき》もさえわたる。

すると沖田総司《おきたそうし》は、まさか秀吉《ひでよし》のその挑発《ちょうはつ》にひるんだわけでもないだろうけど、

「あっ！」

なんと投《な》げた四段《だん》ドロップがすっぽ抜《ぬ》けて、ど真《ま》ん中《なか》にボールがはいってきた。すると秀吉《ひでよし》はバナナを見《み》つけたときのように目《め》をかがやかせ、

「こりゃラッキーじゃ！」

と、足《あし》をふみこませる。

「さあ、いくぞ！　ちょっと顔《かお》がいいからって女子《じょし》にチヤホヤされたり野球《やきゅう》がうまいからってよゆうこいてたりその他《ほか》にもあんなことやこんなことの色《いろ》んなことのペナルティ

じゃ！　思《おも》い知《し》れい！」

なんか色々《いろいろ》な恨《うら》みつらみをこめて、秀吉《ひでよし》はバットをフルスイング！　それはめずらしくボールの真芯《ましん》をとらえ、打球《だきゅう》はファーストのうしろ、ライトの前《まえ》でワンバウンドした。

「き、奇跡《きせき》だっ！」

「サルが木《き》からおちおったぞ！」

ファルコンズは大《おお》もりあがり。みんなベンチから身《み》をのりだし、好《す》きかっていいながらもりあがる。――でも……、

「やっかましい～！」

ライトを守《まも》る藤堂平助《とうどうへいすけ》は、周囲《しゅうい》の声《こえ》に対《たい》してそう叫《さけ》ぶ。なんかひとりだけ顔《かお》のふんいきがちがう、濃《こ》い～ひと。

「ヒカル、あのひとって……」

「うん。藤堂平助《とうどうへいすけ》さんは新撰組《しんせんぐみ》にいたとき、『さきがけ先生《せんせい》』って呼《よ》ばれていたんだ！　やんちゃな性格《せいかく》でとにかくいつも先陣《せんじん》をきっていて、砲術《ほうじゅつ》の免許《めんきょ》も持《も》っていたんだよ！」

「ほ、砲術《ほうじゅつ》？」

「鉄砲《てっぽう》とか、大砲《たいほう》のこと！　新撰組《しんせんぐみ》は剣《けん》だけの集団《しゅうだん》じゃなかったんだ！　見《み》てて！」

ヒカルはいって、グランドを見《み》る。ぼくもヒカルの視線《しせん》を追《お》うと、そこでは藤堂平助《とうどうへいすけ》がもうぜんと前《まえ》にダッシュして、秀吉《ひでよし》の打球《だきゅう》をひろいあげたところだった。

「いくぜ！　さきがけ！　男《おとこ》、藤堂平助《とうどうへいすけ》の肝《きも》っ玉《たま》じゃい！」

藤堂平助《とうどうへいすけ》はそういうと前《まえ》のめりになり、

「バズーカ返球《へんきゅう》！」

そう叫《さけ》んで、体《からだ》ごと投《な》げだしてファーストに送球《そうきゅう》。

それは本当《ほんとう》に大砲《たいほう》をはなったような送球《そうきゅう》で、これじゃ打《う》った秀吉《ひでよし》もたまらない。

「ムキー！」

秀吉《ひでよし》は全力疾走《ぜんりょくしっそう》をしたままファーストベースをふんで、審判《しんぱん》のほうをふりかえる。しかし審判《しんぱん》の腕《うで》はたてにふりおろされて、

「アウトォ！」

という声《こえ》を、地獄甲子園《じごくこうしえん》にひびかせた。

「う、うう……。入団以来《にゅうだんいらい》の初《はつ》ヒットをやっと打《う》てたと思《おも》ったのに……」

両手《りょうて》をグランドについてガックリする秀吉《ひでよし》。かわいそうだけど、いつものとおりともいえる。っていうか入団以来《にゅうだんいらい》ヒットないんだ。それはそれで大記録《だいきろく》だと思《おも》う。

「で、でも、すごいね、藤堂平助《とうどうへいすけ》さん」

ぼくはヒカルのほうをむいて、そういった。

「あのあたりをアウトにしちゃうなんて……。たしかに打球《だきゅう》がおちた場所《ばしょ》は、ファーストのうしろで、かなりあさかったけど……」

「ね？　だてに濃《こ》い顔《かお》してるわけじゃないんだよ」

ヒカルはいった。濃《こ》い顔《かお》は関係《かんけい》ないと思《おも》うけど……。でも、それにしたって外野《がいや》ゴロなんてはじめて見《み》たぞ……。

せっかく秀吉《ひでよし》が奇跡《きせき》を起《お》こしたのに。九回表《かいおもて》はいきなりワンアウト。もう、まったくあとがない……。井伊直虎《いいなおとら》が打席《だせき》にむかっていったけど、でも沖田総司《おきたそうし》の四段《だん》ドロップと、かたい守備《しゅび》にはきっとかなわない。

ぼくは小《ちい》さなため息《いき》をつき、うつむいた。しかしグランドからは、

「四段《だん》ドロップ、破《やぶ》れたり！」

の声《こえ》とともに、キィン！　というバットの音《おと》が聞《き》こえてくる。

打《う》った？　まさか！

「直虎《なおとら》さんっ！」

ぼくはガバッと顔《かお》をあげて、打席《だせき》のほうを見《み》た。すると本当《ほんとう》にバットはボールにあたっていて、かなりするどい打球《だきゅう》になっていた、けど！

「ああっ！」

それはサードの永倉新八《ながくらしんぱち》が、「アッツいぜ〜！」と、ガッチリとキャッチ。そしてすばやく一塁《るい》に送球《そうきゅう》する。

「ああ〜！　いいあたりだったのに……」

ヒカルは残念《ざんねん》そうだ。しかし……！

「どおおおりゃあああ！」

と、井伊直虎《いいなおとら》は歯《は》を食《く》いしばって全力疾走《ぜんりょくしっそう》！

「あたしはあきらめねえぞおおおおお！」

と、砂《すな》ぼこりをまいあげながら、ヘッドスライディングで一塁《るい》にすべりこんだ。ファーストの土方歳三《ひじかたとしぞう》がボールを受《う》けとったのはそのあとで、

「セーフ！」

審判《しんぱん》はそうコールして、手《て》を横《よこ》にひろげた。

「やったあ！」

「すごいぞ、直虎《なおとら》どの！」

井伊直虎《いいなおとら》が見《み》せた必死《ひっし》のプレーで、ファルコンズベンチは歓声《かんせい》につつまれる。観客《かんきゃく》も大《おお》きな拍手《はくしゅ》を、グランドにあびせていた。

「いやいやいや！　すごいのう！　井伊《いい》どの！」

キャッチャーの近藤勇《こんどういさみ》も、敵《てき》ながらあっぱれって感《かん》じで、大《おお》きな声《こえ》をあげた。

「井伊《いい》どのよ！　ナイショで！　コソッと教《おし》えてくれんか！　ファルコンズは！　アウトになったらどんなペナルティがあるのだっ？」

キャッチャーと一塁《るい》じゃナイショになってないでしょ！　とぼくはツッコミたいけど、

「ん？　そんなもんないよ」

井伊直虎《いいなおとら》はとうぜんだろって感《かん》じでこたえた。ナイショ話《ばなし》ってツッコミはないんだ……。

「ペナルティがない？　ならば！　なぜ！　貴殿《きでん》はあんなにがんばってはしった？」

「目的《もくてき》のためにきまってるだろ」

「目的《もくてき》！　じゃと？」

「ああ。ファルコンズにはペナルティなんてないんだ。そんなものがなくても、みんなが歴史《れきし》を守《まも》るって目的《もくてき》のために、一生懸命《いっしょうけんめい》にプレーすることはわかってるからな。まあ、あたしには、ヌイグルミ持《も》った虎太郎《こたろう》と記念写真《きねんしゃしん》ってごほうびが……」

そんな話《はなし》は聞《き》いてないけど、

「……にわかには！　信《しん》じられぬな！」

近藤勇《こんどういさみ》は『ひみつにしてるんだろ』って感《かん》じで、前《まえ》をむく。ペナルティがないってことが信《しん》じられないみたいだ。本当《ほんとう》のことだけどな……。

でも、ここでランナーがでたのは大《おお》きい。

三番打者《ばんだしゃ》の島津義久《しまづよしひさ》は送《おく》りバントを確実《かくじつ》にきめて、井伊直虎《いいなおとら》は二塁《るい》へ。

そしてつぎのバッターはいよいよ……。

「よくもまあ、スコアボードに0ばかりならんだものだ」

そういって打席《だせき》にはいってくるのはファルコンズの四番《ばん》、織田信長《おだのぶなが》。そのマントが風《かぜ》にゆれると、それを合図《あいず》にしたかのように観客《かんきゃく》の歓声《かんせい》が今日《きょう》、最高《さいこう》の大《おお》きさにたっした。

「打《う》たせないよ、ベイビー。負《ま》けたら、どんなペナルティになるか、わからないからね」

「フッ。まだわからぬとは、おろかなヤツよ。四段《だん》ドロップはけっして無敵《むてき》の変化球《へんかきゅう》ではない。井伊直虎《いいなおとら》が打《う》ったのがいい証拠《しょうこ》じゃ」

「なんだって？」

汗《あせ》いっぱいの沖田総司《おきたそうし》が聞《き》くと、信長《のぶなが》はコキコキと首《くび》を鳴《な》らした。

「貴様《きさま》のボールは変化《へんか》が大《おお》きすぎるがゆえに、はやくまがりはじめて軌道《きどう》が予測《よそく》できる。もうワシには通用《つうよう》せん」

「く……」

「沖田総司《おきたそうし》。弱点《じゃくてん》さえ見切《みき》れば、貴様《きさま》の四段《だん》ドロップなど、もうおそれるにたりず！　ここでいんどうを渡《わた》してくれるわ！」

信長《のぶなが》はいって、バットをたてた。沖田総司《おきたそうし》はその眼光《がんこう》にひるんだのか、あごにしたたる汗《あせ》を手《て》の甲《こう》でぬぐった。

「……——フッ、ベイビー。いいさ。仮《かり》に、仮《かり》に君《きみ》がミーの四段《だん》ドロップを本当《ほんとう》に見切《みき》っていたとしても……」

沖田総司《おきたそうし》はそういいながら、いつもの動作《どうさ》でかまえをとる。

「ガーディアンズには、エラーできない守備陣《しゅびじん》がいるんだよ！　だからミーが点《てん》をとられることは……」

そういいながら沖田総司《おきたそうし》はゆっくり投球動作《とうきゅうどうさ》にうつり、

「ないんだあっ！」

するどい腕《うで》のふりで、そのほそい指先《ゆびさき》からボールをリリースした。

それはやっぱりふわっと宙《ちゅう》にうかびあがるようなボールで、投《な》げた瞬間《しゅんかん》に四段《だん》ドロップとわかるもの。

ボールはきっとここから、信長《のぶなが》の予想《よそう》どおりにググッとひざ下《した》あたりまでしずんでくるはずだ。ぼくとヒカルは、手《て》をにぎってグランドを見守《みまも》る。

すると信長《のぶなが》はぼくたちの期待《きたい》どおり、

「天下布武打法《てんかふぶだほう》!」


と、ボールをにらみつけながら、地面《じめん》をゆらすような大声《おおごえ》でバットをフルスイング!

それは力強《ちからづよ》く見事《みごと》にボールをとらえ、するどい打球《だきゅう》を三遊間《さんゆうかん》に弾《はじ》きかえした!

「いいあたり! ——だけど!」

飛《と》んだ場所《ばしょ》があまりよくない! あれじゃショートかサードが手《て》をのばせば、もしかしたら届《とど》いてしまうかも!

と、そう思《おも》っていたら!

「ええっ?」

ピッチャーの沖田総司《おきたそうし》は打球《だきゅう》を目《め》で追《お》いながら、おどろきの声《こえ》をあげた。

なぜならサードを守《まも》る永倉新八《ながくらしんぱち》も、ショートを守《まも》る原田左之助《はらださのすけ》も、ふたりの間《あいだ》を抜《ぬ》ける打球《だきゅう》に跳《と》びつこうとしなかったからだ。

「や、やった！」

なにがどうなってるのかわからないけど、これはラッキーだ！

「これがファルコンズの野球《やきゅう》だよっ！」

打球《だきゅう》が三遊間《さんゆうかん》を抜《ぬ》けた間《あいだ》に、井伊直虎《いいなおとら》はホームにスライディング。ボールがホームにかえってきたのはそのあとで、審判《しんぱん》は腕《うで》を横《よこ》にひろげた。

「や、やったぞ……。やっと、やっと、やっと点《てん》が……」

ぼくは手《て》をにぎって腰《こし》を少《すこ》しおとす。そしてよろこびいっぱいのタメをつくってから、

「点《てん》がはいったあああっ！」


と、それをばくはつさせるように思《おも》いっきりジャンプして、ゲンコツをつきあげた！

「さすが信長様《のぶながさま》じゃわい！」

「これで試合《しあい》は我《われ》らのものじゃ！」

ファルコンズベンチも、もうお祭《まつ》り騒《さわ》ぎ。いや……、

鳴《な》りもの、歓声《かんせい》、そして拍手《はくしゅ》！

信長《のぶなが》のタイムリーヒットに、スタジアム中《じゅう》がわきあがってる！

——さすが信長《のぶなが》だ！

「でもさ、虎太郎《こたろう》クン」

ヒカルがなにかを思《おも》いだしたように、話《はな》しかけてきた。

「さっきの信長《のぶなが》さんのあたり、どうして守備《しゅび》が誰《だれ》も跳《と》びつかなかったんだろう？　跳《と》びついていたら、もしかしたらキャッチできていたかも」

「たしかに、そうだね……」

うれしさがおちつくと、今度《こんど》は疑問《ぎもん》が生《う》まれてきた。

跳《と》びついて打球《だきゅう》をとれたかどうかはびみょうだけど、ふつうはイチかバチかでそうするはずだ。どうして……。

「くく……」

ヒカルとぼくで首《くび》をかしげていると、秀吉《ひでよし》が間《あいだ》にはいってくる。見《み》るとその顔《かお》はすごいとくいげだ。なんかサルからバカにされてるみたいで、すごいイラつく。

「そのひみつ、とくべつに教《おし》えてやろう。相手《あいて》のサードとショートは、動《うご》きたくても動《うご》けなかったんじゃよ。ペナルティがあるからのう」

「え？　逆《ぎゃく》じゃないの？　ペナルティがあるから、がんばらなきゃ……」

「そんなたんじゅんな話《はなし》じゃ、ないんじゃよねー」

秀吉《ひでよし》はひとさし指《ゆび》をたてて、チッチッチッと左右《さゆう》に動《うご》かした。またちょっとイラッとした。

「よいか、虎太郎《こたろう》よ。跳《と》びついたはいいが、もしも打球《だきゅう》をキャッチしそこねたらどうなる？　それでエラーがついたら？」

「あっ、そうか！」

ぼくは手《て》をポンとたたいた。

無理《むり》なプレーでエラーがついても、ペナルティをくらってしまうんだ。

「えー」

秀吉《ひでよし》の話《はなし》に、顔《かお》をしかめるのはヒカル。

「でもさ、それは見逃《みのが》してもらえるんじゃないの？　がんばったんだから」

「ダメだよ。きまりなんだから」

「そうじゃそうじゃ」

秀吉《ひでよし》も、ぼくの言葉《ことば》にうなずいた。

「きびしいルールというのは、裏《うら》をかえせばゆうづうがきかないということじゃ。いいエラー、悪《わる》いエラーという言《い》い訳《わけ》を認《みと》めれば、エラーをした誰《だれ》もが『いまのはいいエラーだった』っていうわい。だからルールに例外《れいがい》を認《みと》めるわけにはいかんのじゃ」

秀吉《ひでよし》はそういった。ぼくだって現世《げんせ》のチームじゃそうすべきだって、高臣《たかおみ》クンにいっていたし。

『ガーディアンズの少《すく》ないエラーにこそ、攻略《こうりゃく》の糸口《いとぐち》があるのだ』

信長《のぶなが》は試合《しあい》の途中《とちゅう》に、そういっていた。

これはきっと、そういうこと。

ペナルティがあるから、ワザと打球《だきゅう》を見逃《みのが》したってわけでもないだろうけど……。でもきっとバツを受《う》けないために、ガーディアンズの野手《やしゅ》は、自分《じぶん》の守備範囲《しゅびはんい》だけをかんぺきに守《まも》るようにしているんだ。

守備範囲《しゅびはんい》をせばめてプレーしていたら、エラーはへる。でもその分《ぶん》、打球《だきゅう》がとおるすき間《ま》は生《う》まれてしまう。信長《のぶなが》はきっと、そのスキをついてヒットにしたんだ！

そこまで考《かんが》えていたなんて……。

ぼくは尊敬《そんけい》の気持《きも》ちをこめて、二塁《るい》ベースにたつ信長《のぶなが》を見《み》た。

すると信長《のぶなが》はこっちをむいたまま、ビシッとぼくを指《ゆび》さす。

今度《こんど》は貴様《きさま》の番《ばん》だぞ。

ぼくには信長《のぶなが》が、そういっているように見《み》えた。

——わかってるよ……。

ぼくはこころの中《なか》で、返事《へんじ》をする。Ｆ《エフ》マークの光《ひかり》はまだもどりそうにないけど……。

でも、そんなことといっていられない。もう少《すこ》しで、高臣《たかおみ》クンの意識《いしき》がもどるんだから！

ぼくは覚悟《かくご》をかためて、信長《のぶなが》にうなずいてみせる。

すると信長《のぶなが》はちょっとだけわらって、また前《まえ》をむいた。

ここからは、ぼくががんばらないと……！

パシャ

5章《しょう》　これぞ、ファルコンズ野球《やきゅう》！

	1	2	3	4	5	6	7	8	9	計	H	E
桶狭間	0	0	0	0	0	0	0	0	1	0	11	2
新撰組	0	0	0	0	0	0	0	0		0	8	0

OKEHAZAMA Falcons

1	豊臣　秀吉	右
2	井伊　直虎	中
3	島津　義久	左
4	織田　信長	一
5	真田　幸村	三
6	徳川　家康	捕
7	伊達　政宗	二
8	毛利　元就	遊
9	山田虎太郎	投

B
S
O

UMPIRE

CH	1B	2B	3B
赤鬼	青鬼	黒鬼	桃鬼

新撰組 GUARDIANS

1	藤堂　平助	右
2	原田左之助	遊
3	近藤　勇	捕
4	土方　歳三	一
5	斎藤　一	左
6	伊東甲子太郎	三
7	山南　敬助	中
8	永倉　新八	二
9	沖田　総司	投

九回裏《かいうら》

ついにやってきた最終回《さいしゅうかい》。

やっと点《てん》をとってもらった直後《ちょくご》の、この九回裏《かいうら》。ここを0点《てん》におさえられたら、高臣《たかおみ》クンが生《い》きかえってファルコンズに勝《か》ちもつく。さあ——。

——いくぞ！

「これで、どうだあっ！」

と、ぼくが投《な》げたボールは、この回《かい》の先頭《せんとう》バッター藤堂平助《とうどうへいすけ》を、

「こんちくしょ〜〜！」

といわせて、三振《さんしん》にした。

濃《こ》い顔《かお》で叫《さけ》ぶ藤堂平助《とうどうへいすけ》は本当《ほんとう》にくやしそうだったけど、こっちだって高臣《たかおみ》クンの命《いのち》がかかってるんだから手《て》が抜《ぬ》けない。これでワンアウトだ。

「F《エフ》マークが光《ひか》らなくても……、ていねいに投《な》げれば、なんとかなるかもしれない……」

マウンドの上《うえ》、ぼくは自分《じぶん》の手《て》を見《み》ながらつぶやく。一番《ばん》からの打順《だじゅん》。ここは三者凡退《さんしゃぼんたい》にして、打《う》ちまくってる四番《ばん》の土方歳三《ひじかたとしぞう》にまわらないようにしなきゃ……。

「おいおいおい！　なさけねえなあ、コンチクショウ！」

考《かんが》えていると、二番《ばん》の原田左之助《はらださのすけ》が打席《だせき》にはいってくる。

バットを肩《かた》にかついで、がに股歩《またある》き。着《き》ている和服《わふく》はダラリとはだけていて、お腹《なか》につ
いたキズまで見《み》えている。なんか漫画《まんが》にでてくる不良《ふりょう》みたいなひと。

「おう、おまえ！　虎太郎《こたろう》っつったな！　なかなかやるじゃねえか！」

原田左之助《はらださのすけ》はあごをつきだしみけんにしわを寄《よ》せ、すごいしゃべりにくそうな顔《かお》をする。

「あ、うん。そりゃ、まあ。負《ま》けたくないし」

「いい根性《こんじょう》だぜえ！」

原田左之助《はらださのすけ》はニヤリとわらう（たぶんわらってると思《おも》う）と、持《も》っていた長《なが》いバットを
こっちにむけて腰《こし》までおとし、まるでヤリを持《も》つようにかまえた。さっきの打席《だせき》までは、
ふつうだったけど……。

「いくぜっ！　これがおれ様《さま》の、必殺《ひっさつ》のかまえだ！」

原田左之助《はらださのすけ》は、じまんをするようにそういった。でも、必殺《ひっさつ》って？

『虎太郎《こたろう》クン。原田左之助《はらださのすけ》さんはヤリの名手《めいしゅ》だったんだ！　短気《たんき》だけどすごく強《つよ》くて、新《しん》撰組《せんぐみ》じゃ十番隊《じゅうばんたい》の隊長《たいちょう》だったんだよ』

『そ、そうなんだ……。こわそう……』

ぼくがゴクリとつばを飲《の》みこむと、

『それが、そんなこともないんだっ』

ヒカルは明《あか》るい口調《くちょう》でそういった。

『原田左之助《はらださのすけ》さんはね、あんな感《かん》じだからちょっと乱暴者《らんぼうもの》っぽく見《み》えるんだけど、じつはすごい家族思《かぞくおも》いなんだよ。休《やす》みの日《ひ》とか、新撰組《しんせんぐみ》の駐屯所《ちゅうとんじょ》に子供《こども》をじまんしにいったりしていたんだから。ギャップがたまんないよね。あたし、総《そう》♡様《さま》のつぎに好《す》きなの！』

『へえ、そうなんだ』

意外《いがい》だ。あんな感《かん》じのひとが……。

「子供思《こどもおも》いのやさしいパパなんて……」

おどろきが強《つよ》くて、つい声《こえ》にだしていってしまうぼく。でもそれは原田左之助《はらださのすけ》の、けっこうキャラにかかわる部分《ぶぶん》だったみたい。

「や、やや、やめろってんだ！　なにいってやがる！　まわりの目《め》ってもんがあるだろうが！　さっさと投《な》げやがれ、この天才《てんさい》ピッチャー！」

原田左之助《はらださのすけ》はそんないかりの声《こえ》をあげたけど、よく聞《き》くとちょっとほめてくれてた。

『ね？　ホントは家庭的《かていてき》でやさしいパパなんだから』

本人《ほんにん》はいやがってるのに、ヒカルはすべてを見抜《みぬ》いているようにうれしそうだ。やっぱりファンってこわい。

「じゃあ、……いくよ！　全力投球《ぜんりょくとうきゅう》！」

たとえ相手《あいて》がやさしいパパでも、負《ま》けるわけにはいかない。

――このひとをアウトにして、ツーアウト！

そんな気合《きあ》いをこめて、ぼくは力《ちから》いっぱいボールを投《な》げる。これならきっとストライクだ！　って思《おも》っていたら！

「さっきの打席《だせき》のボールより、ショボくなってるぜえ！」

原田左之助《はらださのすけ》はヤリを持《も》つかまえのまま、

「こなくそっ！」

と、ボールをふり払《はら》うようにスイングした。するとバットはばっちりボールをとらえていて、ライナーになって三遊間《さんゆうかん》をするどくおそう。

「しまったっ！」

やっぱりFマーク《エフ》の光《ひかり》なしじゃ、ガーディアンズをおさえきれない！　あの打球《だきゅう》じゃ、きっとレフト前《まえ》のヒットに……。

「ふんがー！」

あきらめがこころをよぎったとき、雄叫《おたけ》びのような声《こえ》が聞《き》こえてくる。見《み》ると声《こえ》をだしていたのはショートの毛利元就《もうりもとなり》。絶対《ぜったい》に外野《がいや》へ抜《ぬ》けると思《おも》った打球《だきゅう》に跳《と》びついて──！　いや、それでもダメだ！

「くううっ！　無念《むねん》っ！」

毛利元就《もうりもとなり》のがんばりもむなしく、ボールはグラブを弾《はじ》き、三塁方向《るいほうこう》へころがった。これじゃやっぱりヒットになって、同点《どうてん》のランナーがでてしまう！　と思《おも》っていたら、

「ナイスガッツだ、毛利《もうり》どの！」

ころがる打球《だきゅう》を、伊達政宗《だてまさむね》が素手《すで》ですばやくひろった。そしてそのまま一塁《るい》に投《な》げて、

「アウトォ！」

という審判《しんぱん》のコールを場内《じょうない》にひびかせる。

「す、すごいっ！」

ぼくはおどろいて、手《て》をたたいた。するとそれと同時《どうじ》に、お客《きゃく》さんの歓声《かんせい》が地鳴《じな》りのようにひびいて、スタジアムをつつむ。

この土壇場《どたんば》で試合《しあい》を左右《さゆう》するスーパーファインプレーだ！

「あ、ありがとう！　伊達政宗《だてまさむね》さん！」

「なんの。毛利《もうり》どのがあきらめず、グラブをのばしたからだ」

伊達政宗《だてまさむね》と毛利元就《もうりもとなり》は鎧《よろい》の泥《どろ》を払《はら》い、マウンドのぼくを見《み》た。そしてふたりして、ビッと親指《おやゆび》をたてる。

カッコいい……。九回表《かいおもて》のガーディアンズの、あのお粗末《そまつ》な守備《しゅび》とはぜんぜんちがう。

――これがファルコンズの、エラーをおそれない積極的《せっきょくてき》なプレーか……。いや、チームの意志《いし》がひとつになった、スーパープレーだ！

これで、最終回《さいしゅうかい》のアウトカウントはふたつ。場内《じょうない》のこうふんも高《たか》まってきて、

「あっとひっとり！」

「あっとひっとり！」

そんな大合唱《だいがっしょう》がひびきわたる。そしてその声《こえ》は期待《きたい》やこうふんとともに、ぼくの頭《あたま》に高《たか》臣《おみ》クンのことをよぎらせた。このまま、あとワンアウトをとれば……。

「そうは！　させぬ！」

気合《きあ》いをいれていると、聞《き》き覚《おぼ》えのある大声《おおごえ》。目《め》をあげて見《み》てみると、そこにはガーディアンズのキャプテン、四角《しかく》い顔《かお》の近藤勇《こんどういさみ》がこわい顔《かお》をしてたっていた。

「ガーディアンズは！　このまま終《お》わりはせぬ！　現世《げんせ》に規律《きりつ》と秩序《ちつじょ》をとりもどすまでは！　負《ま》けられぬのだ！」

「こっちだって！」

ぼくもキッと前《まえ》を見《み》ていいかえす。

「この試合《しあい》には、ぼく自身《じしん》や、みんなのねがいがかかってる！　負《ま》けられない！」

「たがいに負《ま》けられぬ勝負《しょうぶ》か！　生《い》きていたころを思《おも》いだすわ！」

近藤勇《こんどういさみ》はニヤリとわらって、バットをたてた。そして、

「――こい。こよいの虎徹《こてつ》バットは、血《ち》にうえておる」

腰《こし》をおとして、そういった。それは近藤勇《こんどういさみ》にしてはめずらしいしずかな声《こえ》だったけど、でもみょうな迫力《はくりょく》がこもっていて、ぼくは背筋《せすじ》がゾッとさむくなった。

『ヒカル……。なに、さっきの。血《ち》がどうとかっていってたよ』

『うん。あれは近藤勇《こんどういさみ》さんのきめゼリフだよ。虎徹《こてつ》っていうのは、生前《せいぜん》に愛用《あいよう》していた刀《かたな》で、いまはやっぱりバットになってるの』

ヒカルはおちついた口調《くちょう》でいう。でも刀《かたな》が血《ち》にうえているとか、すっごいこわいんだけど。

『幕末《ばくまつ》はね、荒《あ》れた時代《じだい》だったんだ。色《いろ》んな事件《じけん》もあったし。だからこそ、いまの現世《げんせい》以上《じょう》にルールが必要《ひつよう》だったの』

『そうなんだ……』

だから、あんなにペナルティとか、ルールにこだわるのかな。――でも。

「悪《わる》いけど、勝《か》つのはぼくたちだっ！」

大《おお》きな声《こえ》をだして、ぼくは腕《うで》をふりかぶった。

このひとをアウトにして、この試合《しあい》を終《お》わらせる。

ぼくはそう気合《きあ》いをこめ、ステップをふむ。そして体重《たいじゅう》をスーッと前《まえ》にかたむけていき、

「たあっ！」

と、こんしんのボールを投《な》げこんだ。――これで、ワンストライク！

……とは、残念《ざんねん》だけどならなかった！


「いくぞ！　池田屋突入打法《いけだやとつにゅうだほう》！　ご用《よう》あらためであるっ！」


と、耳《みみ》がジンジンするような大声《おおごえ》で、近藤勇《こんどういさみ》はその虎徹《こてつ》バットをフルスイング。それはボールを打《う》つ、というよりもボールをおそうって感《かん》じのスイングで、ガイーンとにぶい音《おと》を球場《きゅうじょう》にひびかせた。

「しまったっ！」

ぼくは顔《かお》をしかめて、打球《だきゅう》を目《め》で追《お》う。それはレフトにまっすぐきりこむようなライナーで、グランドをはうように島津義久《しまづよしひさ》へ一直線《いっちょくせん》にむかっていった。

――でも、真正面《ましょうめん》だ！　とれる？

ぼくは手《て》をにぎってそれを見守《みまも》るけど、

「ぴぎゃ！」

打球《だきゅう》はグラブを弾《はじ》き、島津義久《しまづよしひさ》の顔面《がんめん》に直撃《ちょくげき》！

島津義久《しまづよしひさ》はそれでも、顔《かお》で弾《はじ》いたボールをなんとかとろうとして、まるでお手玉《てだま》をするように手《て》を動《うご》かす。だけど球《たま》はそのまま彼《かれ》の前《まえ》にポトリとおちて、

「無念《むねん》じゃ……」

島津義久《しまづよしひさ》は気力《きりょく》がつきたのか、バタリとその場《ば》にたおれてしまった。

打球《だきゅう》は井伊直虎《いいなおとら》がカバーしたけど、島津義久《しまづよしひさ》はダメージが大《おお》きいのか起《お》きられない。おち武者《むしゃ》みたいな外見《がいけん》も手伝《てつだ》って、なんだか戦場《せんじょう》でやられちゃった武士《ぶし》みたいだ。そしてスコアボードを見《み》れば、やっぱりエラーをしめすE《イー》の文字《もじ》。

いまのもエラーがついちゃった……。近藤勇《こんどういさみ》も三塁《るい》までいっちゃったし……。でも……。

――執念《しゅうねん》が感《かん》じられるプレーだった……。

ぼくはいまのプレーを、これまでのように『ただのエラー』とは思《おも》えなかった。結果的《けっかてき》

にランナーはでちゃったけど……。

『やられちゃったね、虎太郎《こたろう》クン……』

ヒカルが残念《ざんねん》そうな口調《くちょう》で話《はな》しかけてくる。

『やられちゃったけど……、でも、ヒカル』

『どうしたの？　まさか、またペナルティっていうんじゃ……』

『ちがうよ。そんなことといわない。さっきのはペナルティこわさのプレーとは、情熱《じょうねつ》がちがうよ。なんだか、わすれていたものを思《おも》いだした気《き》がする』

『わすれていたもの？』

『うん、うまくいえないけど……』

ヒカルにそう返事《へんじ》をしたところで、

「どうだ！　虎太郎《こたろう》クンよ！」

三塁《るい》から近藤勇《こんどういさみ》の声《こえ》がする。

「ワシが池田屋《いけだや》をおそった経験《けいけん》から編《あ》みだした、この必殺技《ひっさつわざ》！　するどいライナーが！

守備《しゅび》をおそうのだ！」

「池田屋《いけだや》？　って？」

ぼくが聞《き》くと、ヒカルの声《こえ》が代《か》わりにこたえてくれる。

『近藤勇《こんどういさみ》さんがいってるのは、池田屋事件《いけだやじけん》のことだね。尊王攘夷派《そんのうじょういは》、つまり幕府《ばくふ》と外国《がいこく》をやっつけようってひとたちが池田屋《いけだや》って旅宿《たびやど》に集《あつ》まっているところを、新撰組《しんせんぐみ》がおそったんだ。これによって、明治維新《めいじいしん》が一年《ねん》おくれたともいわれているの。新撰組《しんせんぐみ》が有名《ゆうめい》になった事件《じけん》でもあるんだよ』

『つまり、近藤勇《こんどういさみ》さんがそれにくわわっていたってこと？』

『そう！　新撰組《しんせんぐみ》の隊員《たいいん》は他《ほか》にもいたけど、ケガや病気《びょうき》でどんどん脱落《だつらく》していったんだ。でも先陣《せんじん》をきった近藤勇《こんどういさみ》さんは、さいごまで無傷《むきず》だったんだって。しかも愛刀《あいとう》の虎徹《こてつ》も、刃《は》こぼれしていなかったらしいよ』

『む、無傷《むきず》……？』

しかも刀《かたな》まで……。やっぱり、新撰組《しんせんぐみ》の局長《きょくちょう》っていうのは伊達《だて》じゃないんだ。絶対《ぜったい》にホームへかえさないようにしないと……。

「いよいよ決着《けっちゃく》のときだな、少年《しょうねん》」

考《かん》えながら三塁《るい》をながめていると、打席《だせき》から声《こえ》が聞《き》こえてきた。

心臓《しんぞう》がこおってしまうような、そんなすごみのこもった低《ひく》い声《こえ》。

ぼくはおそるおそる、ゆっくり視線《しせん》を前《まえ》に動《うご》かす。するとそこにはガーディアンズの四番打者《ばんだしゃ》、土方歳三《ひじかたとしぞう》が、いつものきびしい目《め》つきで、こっちを見《み》つめていた。

「土方歳三《ひじかたとしぞう》さん……」

「長《なが》かった試合《しあい》も、ここで終《お》わるだろう」

「……うん。だって土方歳三《ひじかたとしぞう》さんがアウトになって、ぼくたちが勝《か》つからね」

「いいや。わかっているだろう？　君《きみ》を見《み》ていると、どうやらさきほどの回《かい》から、球《たま》に勢《いきお》いがなくなってきているようだ。せっしゃならホームランが確実《かくじつ》に打《う》てる」

「そ、そんなこと、させないから……」

いいかえすつもりが、このひとに全打席《ぜんだせき》で出塁《しゅつるい》されていることを思《おも》いだして、つい弱《よわ》い口調《くちょう》になってしまうぼく。でも、もう道《みち》はのこされていないんだ。

「……いくよ」

ぼくはゴクリとつばを飲《の》みこんで、足《あし》をあげる。

そしてくちびるをかみグランドをふみしめ、

「たあっ！」

と、ありったけの力《ちから》をこめて、ムチのように腕《うで》をしならせた。

――よし！

だせた力《ちから》は、原田左之助《はらださのすけ》を打《う》ちとったときのもの以上《いじょう》！　いくら土方歳三《ひじかたとしぞう》でも、これならストライクを！　だけどバッターボックスからは、

「あまいっ！」

と、大《おお》きな声《こえ》。見《み》ると土方歳三《ひじかたとしぞう》は意識《いしき》を集中《しゅうちゅう》させるように、スッと目《め》をとじているところだった。――これは……。

「終《お》わりだっ！」

声《こえ》と同時《どうじ》に土方歳三《ひじかたとしぞう》は、クワッと血《ち》ばしる目《め》を見《み》ひらき、ぼくが投《な》げたボールをにらみつける。身《み》の毛《け》もよだつような眼光《がんこう》のあれは、ボールが七倍《ばい》のスローに見《み》えるっていう、鬼《おに》の目《め》にも七見打《なみだ》！

――ヤバい！

土方歳三《ひじかたとしぞう》は視線《しせん》でボールをとらえると、まるで刀《かたな》でなにかをきるようにバットをするどくスイング。それはかんぺきにボールをとらえていて、

「あっ！」

まるで弾丸《だんがん》みたいなライナーで、一塁線《るいせん》の上《うえ》を飛《と》んでいく！

「もらった！」

三塁《るい》ランナーの近藤勇《こんどういさみ》はガハハとわらって、一気《いっき》にホームにむかった。

このままじゃ、点《てん》をとられてしまう……。でも、もう手《て》の打《う》ちようがない！

「クソッ！」

ぼくはおもわず目《め》をつぶる。そしていよいよ絶望的《ぜつぼうてき》な気持《きも》ちになっていると、

「ファール！　ファール！」

一塁《るい》の塁審《るいしん》が、両手《りょうて》を頭《あたま》の上《うえ》でふった。

「ファ、ファール？」

おそるおそる目《め》を開《あ》けて見《み》ると、ボールはファールラインの、ほんのちょっと外《そと》ではねていたみたい。かなりギリギリのとこだったけど、

「助《たす》かった……」

ぼくは安心《あんしん》して、大《おお》きく息《いき》をはきだした。

運命《うんめい》の分《わ》かれ道《みち》だった。あれが一メートルでも内側《うちがわ》にはいっていたら、同点《どうてん》になってファルコンズがかなり不利《ふり》になってしまう。みんなの努力《どりょく》が無駄《むだ》になるところだった……。

「ほう。手元《てもと》で思《おも》ったよりのびたようだ。やはり、ただの子供《こども》ではないな。だが——」

ホッとしていると、土方歳三《ひじかたとしぞう》は打席《だせき》にもどりながら、そんなつめたい声《こえ》を口《くち》にする。見《み》ていると彼《かれ》はバットをひろって、言葉《ことば》をつづけた。

「だが、つぎはない。少年《しょうねん》にもわかっているだろう」

「うう……」

ちがう！　とはいえない。

だいたい土方歳三《ひじかたとしぞう》には、Ｆ《エフ》マークが光《ひか》っているときでさえ打《う》たれていて、いまのぼくはそれすら失《うしな》っている。おさえられる気《き》がしない……。もう、打《う》つ手《て》はないのか……？

くやしさにくちびるをかんでいると、

「虎太郎《こたろう》クン、いっそ敬遠《けいえん》してしまうか？」

マウンドに徳川家康《とくがわいえやす》が歩《ある》いてきて、そう聞《き》いてくる。

「敬遠《けいえん》？」

「そうだ。勝《か》てない相手《あいて》と無理《むり》に勝負《しょうぶ》することはない。逃《に》げることになるが、それもりっぱな作戦《さくせん》だぞ」

「なるほど……」

たしかにつぎの斎藤一《さいとうはじめ》だって手《て》ごわいバッターだけど、土方歳三《ひじかたとしぞう》とくらべたら、まだ勝《か》てる可能性《かのうせい》がある気《き》がする。

そうだ……。もういっそ、逃《に》げてしまったほうがいい。なんなら斎藤一《さいとうはじめ》も敬遠《けいえん》して満塁《まんるい》にしたら、野手《やしゅ》だって守《まも》りやすいかも……。そう考《かんが》えていると、

『逃《に》げるんじゃない』

どこからか高臣《たかおみ》クンの声《こえ》が聞《き》こえてきた。

「え？」

ぼくはあわててあたりを見《み》まわすけど、やっぱり高臣《たかおみ》クンの姿《すがた》なんて見《み》あたらない。空《そら》耳《みみ》だった？　……いや……。

「どうかしたか？　虎太郎《こたろう》クン」

「え？　ううん」

ふしぎそうな顔《かお》の徳川家康《とくがわいえやす》に、ぼくはそういってごまかした。そして、

「――敬遠《けいえん》は、やめておこう。家康《いえやす》さん」

できるだけおちついた声《こえ》で、そうこたえる。

「……虎太郎《こたろう》クン。勝負《しょうぶ》にいくんだな？」

「うん。ぼくはエースだから。逃《に》げられないよ」

「そうか。――よくいった」

徳川家康《とくがわいえやす》はそういうと、ニヤッとわらう。

「ワシとて戦国武将《せんごくぶしょう》のはしくれ。敬遠《けいえん》のほうが正《ただ》しくとも、もちろん勝負《しょうぶ》がしたいわい」

「うん！　やってやろうよ」

「おう！　もえるのう！」

そういって徳川家康《とくがわいえやす》は力《ちから》こぶをつくる動作《どうさ》をして、キャッチャーボックスに帰《かえ》っていった。

――そう。逃《に》げられない。

たしかに敬遠《けいえん》したら楽《らく》かもしれない。逃《に》げることになっても、勝《か》てる確率《かくりつ》はあがるかもしれない。

だけど聞《き》こえてきた高臣《たかおみ》クンの声《こえ》で、ぼくは思《おも》いだした。現世《げんせ》の試合《しあい》でも、似《に》たようなことがあった。あのときも弱気《よわき》になりがちなぼくを、高臣《たかおみ》クンが支《ささ》えてくれたんだ。

「そうだ……」

ぼくはなにを考《かんが》えていたんだろう。なにも成長《せいちょう》していないじゃないか。

たしかに敬遠《けいえん》だって作戦《さくせん》のひとつ。ダメだとは思《おも》わないけど、いま、このシーンにはふさわしくない気《き》がする。それで勝《か》っても、きっといま、声《こえ》を聞《き》かせてくれた高臣《たかおみ》クンはよろこばない。だってぼくはいま、高臣《たかおみ》クンと一緒《いっしょ》に戦《たたか》っているんだから。

「フン。——いい目《め》になった。ほめておこう」

土方歳三《ひじかたとしぞう》は、ぼくを見《み》ていった。そしてバットをたてて、かまえをとる。

「——感《かん》じるぞ。少年《しょうねん》から一流《いちりゅう》の剣士《けんし》と同《おな》じ気《き》を。まるでいまから剣《けん》をまじえるような、そのような気《き》をはなっておる」

「……そうだよ、土方歳三《ひじかたとしぞう》さん。これは真剣勝負《しんけんしょうぶ》だから」

ぼくは表情《ひょうじょう》を強《つよ》くしてこたえ、

「いくよ！」

と、ステップをふむ。そしてありったけの力《ちから》をふりしぼって、

「勝《か》つのは、ぼくだあっ！」

と、思《おも》いっきり腕《うで》をまわしていく。ぼくのボールは、はたして土方歳三《ひじかたとしぞう》に勝《か》てるか？

いや、勝《か》たなければならないんだ！

「たあっ！」

こころに挑《いど》むような気持《きも》ちをひろげ、ぼくは指先《ゆびさき》からボールをリリース！　それはたしかな手応《てごた》えを指《ゆび》にのこし、まっすぐにキャッチャーミットへむかっていくけど……、

「無駄《むだ》なことを……」

土方歳三《ひじかたとしぞう》は、スッと目《め》をつぶろうとする。また、鬼《おに》の目《め》にも七見打《なみだ》！

さあ、どうなる？　と、ぼくが思《おも》った、そのとき！

「よく見《み》ておけい、虎太郎《こたろう》！」

そう叫《さけ》び、ぼくの両《りょう》はしにいる一塁《るい》の信長《のぶなが》と三塁《るい》の伊達政宗《だてまさむね》が、息《いき》ピッタリでホームに

むかって猛《もう》ダッシュ！

「ど、どうしたのっ？」

いきなりの出来事《できごと》にビックリするけど、それはぼくだけじゃなかった。目《め》をつぶりかけていた土方歳三《ひじかたとしぞう》も、

「なにっ？」

と、迫《せま》ってくる信長《のぶなが》と伊達政宗《だてまさむね》の迫力《はくりょく》に、鬼《おに》の目《め》にも七見打《なみだ》を中断《ちゅうだん》してしまう。するとボールはそのままストライクゾーンにバシッときまり、

「ストライーック！　ツー！」

という審判《しんぱん》の大《おお》きなコールをひびかせた。

「なるほど！　そういうことか！」

ぼくはおもわず手《て》をにぎる。

きっとバントでもないのにふたり同時《どうじ》にいきなりダッシュして、土方歳三《ひじかたとしぞう》にプレッシャーをかけたんだ。

「クソ……。せっしゃとしたことが……」

土方歳三《ひじかたとしぞう》はくやしそう。それだけ効果《こうか》が高《たか》い、すごい作戦《さくせん》だったんだ。

そうだ。高臣《たかおみ》クンだけじゃない！　ぼくはチームのみんなと戦《たたか》っている！　どうしていままで、それをわすれていたんだろう。どうして……。

『？　どうしたの、虎太郎《こたろう》クン』

にぎった手《て》を見《み》つめていると、ヒカルの声《こえ》が頭《あたま》にひびく。

『うん、ヒカル……。ようやくわかったんだ。どうしてＦ《エフ》マークの光《ひかり》が、いきなり消《き》えたのかって』

『えっ。すごい。なんで？』

『あのね、いま、信長《のぶなが》さんと伊達政宗《だてまさむね》さんのプレーを見《み》て思《おも》いだしたんだ』

『さっきのプレーを？』

『そう。あれって一歩《いっぽ》まちがえたら、ちぐはぐなタイミングでホームにつっこむことになるでしょ？　そうなったら、効果《こうか》は半減《はんげん》しちゃう。本当《ほんとう》におたがいを信頼《しんらい》してないとできないプレーなんだ』

おたがいの呼吸《こきゅう》がわかってはじめて生《う》まれる、本物《ほんもの》のチームプレー。きっと信長《のぶなが》はさっきのプレーで、ぼくにこれを見《み》せたかったんだ……。

『チームプレーは、ぼくが地獄《じごく》にきて、一番《いちばん》はじめに教《おし》えてもらったことだよ。なのに仲《なか》間《ま》をペナルティでしばりつけようとするなんて、ぼくは……』

『虎太郎《こたろう》クン……』

信長《のぶなが》のさっきのプレーは、言葉《ことば》なくぼくにそれを気《き》づかせた。

覚《おぼ》えることと学《まな》ぶことは別《べつ》。信長《のぶなが》のいった意味《いみ》が、いまならわかる気《き》がする。

たしかに規則《きそく》やルールも大事《だいじ》だと思《おも》う。

だけどファルコンズにはペナルティなんてなくても、使命《しめい》や目的《もくてき》があって、きっとそれがチームをひとつにしてくれているんだ。やらなきゃいけないから、やるんじゃない。目《もく》標《ひょう》にむかって、自分《じぶん》からすすむんだ！

「負《ま》けられない……」

ぼくは声《こえ》にだしてつぶやく。そして手《て》をにぎった。

すると体《からだ》の中《なか》からは、まるで急《きゅう》カーブをえがくように、ググググッと力《ちから》がわいてくる。それはみなぎるようにアツく、自分《じぶん》をしばるなにかを、まるでこわしていくみたい。

「信長《のぶなが》さん」

ぼくは首《くび》をまわして、一塁《るい》を見《み》る。そこでは信長《のぶなが》が、ほんの少《すこ》しの笑《え》みを口《くち》もとにうかべて、大《おお》きくうなずいていた。

――それでいい。

そんな言葉《ことば》が聞《き》こえてきそうな表情《ひょうじょう》だった。

『虎太郎《こたろう》クン！　思《おも》いだしたんなら、きっとだいじょうぶだよ！　あとワンストライク！　がんばって！』

『うん！』

ぼくはヒカルにこたえをかえし、前《まえ》を見《み》た。そこでは土方歳三《ひじかたとしぞう》がいつもの眼光《がんこう》で、こちらをじっと見《み》つめていた。だけどふしぎと、もうこわいとは思《おも》わなかった。

「ほう、少年《しょうねん》」

土方歳三《ひじかたとしぞう》は、バットをかまえながらいった。

「目《め》がまた強《つよ》くなり、ほのおがともった。なにかがふっきれたか」

「――うん、そうだよ。もう打《う》たせない」

ぼくは自分《じぶん》にわきあがる力《ちから》をかくにんしながら、そう返事《へんじ》をした。

こころの中《なか》では、がんばろうといってくれたヒカルの顔《かお》や、きびしいけどあたたかい信《のぶ》長《なが》の顔《かお》、それに一緒《いっしょ》に戦《たたか》ってくれるファルコンズのみんなが思《おも》いだされて、そして彼《かれ》らに見《み》つめられると、自分《じぶん》の中《なか》にあるほのおのようなものは、どんどん大《おお》きくなっていった。

ぼくの、最強《さいきょう》の味方《みかた》たち……！

「――相手《あいて》にとって不足《ふそく》なし！　こい！」

土方歳三《ひじかたとしぞう》は、体《からだ》をしずませて目《め》をつぶる。そして精神《せいしん》を集中《しゅうちゅう》させるように、ゆっくりと息《いき》をはきだした。

きっとまた、鬼《おに》の目《め》にも七見打《なみだ》を使《つか》うつもりだろうけど……。

でも、負《ま》けられない理由《りゆう》が、ぼくにはある！　体中《からだじゅう》の力《ちから》を結集《けっしゅう》させて、挑《いど》んでやる！

「いくぞ！　勝《か》つのは、ぼくたちだあっ！」

ぼくはそう叫《さけ》ぶと体《からだ》をバネのように弾《はず》ませて、足《あし》をズドンと前《まえ》にふみこませる。

そしてまわした腕《うで》にありったけの力《ちから》をこめ、自分《じぶん》のぜんぶがつまったボールを、徳川家《とくがわいえ》康《やす》のミットめがけて投《な》げこんだ。

指先《ゆびさき》に感《かん》じる手応《てごた》えはいい。体《からだ》のバランス感覚《かんかく》もバッチリだ。腕《うで》の動《うご》きは思《おも》った以上《いじょう》にキレがあって、自分《じぶん》でもおどろいてしまうほど。

——きっとうまく投《な》げられた。

ボールは空気《くうき》をきりさき、定規《じょうぎ》でひいた線《せん》のようにキャッチャーへ一直線《いっちょくせん》にむかっていく。これなら——、

「鬼《おに》の目《め》にも七見打《なみだ》！」

土方歳三《ひじかたとしぞう》の目《め》がカッと見《み》ひらく。そしてその眼光《がんこう》は、ぼくが投《な》げたボールをたしかにとらえていた。——勝負《しょうぶ》だ！

「見切《みき》った！　これでホームランだ！」

土方歳三《ひじかたとしぞう》は、そのままバットをフルスイング！　それはぼくが投《な》げたボールのさきを、見事《みごと》にとらえていた——、かに見《み》えたけど！

バシイッ！

と、聞《き》こえてきたのは、キャッチャーミットからの音《おと》。

見《み》るとボールは徳川家康《とくがわいえやす》のミットにおさまり、土方歳三《ひじかたとしぞう》はバットを背中《せなか》までまわしたままでかたまっていた。

「やった……」

やったぞ！　ついにやった！

「やったぞおぉ！」

ぼくはその場《ば》で、おもわずガッツポーズ！　打席《だせき》では土方歳三《ひじかたとしぞう》が空《から》ぶりしたままの姿勢《しせい》で、

「ボールはたしかにとらえたはず……。な、なぜ、せっしゃは空《から》ぶりを……！」

と、つぶやき、あぜんとしている。

「神風《かみかぜ》ライジングじゃよ」

質問《しつもん》にこたえるように、キャッチャーの徳川家康《とくがわいえやす》がたちあがった。

「いまのは虎太郎《こたろう》クンが三国志《さんごくし》トーナメントの最中《さいちゅう》、地獄《じごく》の猛特訓《もうとっくん》で手《て》にいれたボールじゃ。あれ以来《いらい》、体《からだ》に負担《ふたん》がかかるということで封印《ふういん》されていたが……」

「神風《かみかぜ》、ライジングだと……？　しかし、徳川《とくがわ》どの。いかに威力《いりょく》のあるボールとはいえ、せっしゃのバットはたしかに軌道《きどう》をとらえていたはず……」

「それが、ちがうのじゃ。神風《かみかぜ》ライジングはボールにバックスピンをかけて、打者《だしゃ》の手元《てもと》でうきあがるように見《み》せる魔球《まきゅう》。だから目《め》がいくらよくても、バッターの思《おも》ったコースにはこんよ。残念《ざんねん》だったのう」

「――神風《かみかぜ》ライジング……？　まだ信《しん》じられぬが……」

土方歳三《ひじかたとしぞう》はバットをおろし、

「少年《しょうねん》のほうが、一枚上手《いちまいうわて》だったということか」

そういうと、かんねんしたようにぼくを見《み》つめた。ぼくがちょっとてれてわらうと、

「虎太郎《こたろう》」

今度《こんど》はうしろから信長《のぶなが》が声《こえ》をかけてきた。ふりかえるとそこには、ちょっと表情《ひょうじょう》をゆるめた信長《のぶなが》がたっていた。

「さいご、見事《みごと》なボールであった。過去《かこ》の自分《じぶん》を超《こ》えたな」

「――超《こ》えられたかな。よく、わからない」

「いや。貴様《きさま》はまちがいなく、これまでで最高《さいこう》のベースボールスピリットを発揮《はっき》した」

信長《のぶなが》はそういいながら、ぼくの頭《あたま》からぼうしをとった。そして「ほれ」と、そのぼうしをズイと目《め》の前《まえ》につきだしてくる。

「あ……」

ぼくは、軽《かる》くおどろいてそのぼうしを見《み》つめた。

なぜならそこについているＦ《エフ》マークは、まるで太陽《たいよう》を閉《と》じこめた宝石《ほうせき》のように、キラキラと強《つよ》い光《ひかり》でかがやいていたから。見《み》たことがないような、明《あか》るいきらめき。

そうか……。さいご、光《ひか》ってくれたんだ。

「土方歳三《ひじかたとしぞう》にさいごのボールを投《な》げたとき、光《ひか》っておった。まことに、あっぱれである」

「……うん。ありがと」

ぼくはこころからのお礼《れい》を、Ｆ《エフ》マークにいった。するとそれをかくにんした球審《きゅうしん》の赤鬼《あかおに》は、大《おお》きく手《て》をひろげて「ゲームセット！」と高《たか》らかに宣言《せんげん》した。

壬生の狼 VS 戦国の歴戦武将

強豪ガーディアンズ エース山田、完封!!!

戦国武将VS新撰組 野望を燃やす4回戦

桶狭間 1-0 新撰組

管理野球を極めた地獄京都代表…ァンズと、戦国の豪傑がそろった地獄愛知代表桶狭間ファルコンズ。地獄甲子園も4回戦まで進んで、残り試合をあと3つとし、優勝を間近に見るチーム同士、負けられない一戦がついに火蓋を切った。

ガーディアンズはかつての秩序を日本に取りもどすため、そして戦国武将たちは歴史の秩序を守るために。強豪が火花を散らすゆずれない勝負は、緊張感のある投手戦に持ちこまれた。試合開始からスコアボードにた…ぶのは、0、0、0、0。ど…で試合が進んでも、両チー…もまったく引かずに続ける…無失点。特にファルコンズ…田はキャップに付けたF…が光り輝くと、天才野球…その本領を発揮。前の試…得点したガーディアンズ…ら18もの三振を奪い完…ルコンズの勝利に大き…

地獄新聞

第3種郵便物認可

強打者・土方を三振に仕留め、見事完封勝利の山田

試合を決めたタイムリーの織田

◇地獄甲子園　44,000人
4回戦 000 000 001　1
桶狭間 000 000 000　0
新撰組
勝山田
敗沖田

互いにゆずらない投手戦のまま9回。織田が守備の間をつくタイムリーをはなち、とうとう待望の先取点を叩き出す。裏の攻撃では近藤勇が出塁して粘りを見せたが、土方歳三が三振に倒れ、力尽きた。

桶狭間	打	安	点	本	率
(右)豊臣秀吉	5	0	0		.000
(中)井伊直虎	5	3	0		.600
(左)島津義久	4	1	0		.250
(一)織田信長	4	3	1		.750
(二)真田幸村	5	2	0		.400
(捕)徳川家康	3	0	0		.000
(三)伊達政宗	4	1	0		.250
(遊)毛利元就	3	1	0		.333
(投)山田虎太郎	2	0	0		.000

新撰組	打	安	点	本	率
(右)藤堂平助	5	1	0		.200
(遊)原田左之助	4	0	0		.000
(捕)近藤勇	5	2	0		.400
(一)土方歳三	4	3	0		.750
(左)斎藤一	4	0	0		.000
(二)伊東甲子太郎	4	0	0		.000
(中)山南敬助	4	1	0		.250
(三)永倉新八	4	2	0		.500
(投)沖田総司	3	0	0		.000

投手	回	打	安	振	球	責
[illegible]	9	40	9	18	2	0
[illegible]						1

○織田信長（桶）
9回に決勝打となるタイムリー
「沖田のボールは鋭いが見極めやすかった
ただ勝因は虎太郎の成長にあると思う」

驚異の18奪三振
○山田虎太郎（桶）
強豪相手にまさかの完封
「今日はわけあって完封を目指してい
ました。手強い相手でしたが、果たせ
てよかったです」

9回2アウトまで無失点も
●沖田総司（新）
最後は織田に打たれ力尽きる
「スタミナ切れ？　関係ないです。
ちょっとこれから漢字の書き取りが
あるので……」
妙な理由で足早に球場をあとにした

弄したが、試合後半
ちたか打ちこまれた
田に守備の間を上手
なタイムリーを放
いたスコアボード
文字を刻ませてし
それでも粘りを見
アンズ。9回裏
ツーベースで出

「今回《こんかい》の試合《しあい》は！　ワシらも勉強《べんきょう》になったわい！」

試合《しあい》のあと、地獄甲子園《じごくこうしえん》。

大歓声《だいかんせい》につつまれながら両軍《りょうぐん》が頭《あたま》をさげると、ぼくたちはそれぞれ、あくしゅをしながらさいごのあいさつをかわしていた。ぼくもガーディアンズを前《まえ》にして、みんなと言葉《ことば》をかわす。

「ううん。勉強《べんきょう》になったのは、やっぱりぼくのほうだよ、近藤勇《こんどういさみ》さん」

「いいや！　チーム自体《じたい》が目的《もくてき》を持《も》ち！　それにむかって全員《ぜんいん》が自分《じぶん》からすすんでいく！　いいチームとは！　そういうことだ！　君《きみ》たちのようにな！　ワシらも！　ファルコンズを見習《みなら》わねばならぬ！」

「イエス。ミーもそう思《おも》うよ」

沖田総司《おきたそうし》もヒカルへのサインを終《お》えて、さりげなく会話《かいわ》の中《なか》にはいってきた。

「ベイビー。思《おも》ったんだ。たしかにミーたちにも目標《もくひょう》があったけど、ただ、どこかペナルティこわさにプレーしていた気《き》もする。だけどもし目標《もくひょう》だけにむかっていたなら、もっとちがうかたちの努力《どりょく》をしていた気《き》がするよ」

「――うん。それは、きっとそうだと思《おも》う」

ぼくだって、そうだった。高臣《たかおみ》クンを助《たす》けるって思《おも》っていなければ、勝《か》つなんてできなかった。Ｆ《エフ》マークだって、きっと光《ひか》らなかっただろうし……。

「それでは！　優勝《ゆうしょう》せいよ！　虎太郎《こたろう》クン！」

近藤勇《こんどういさみ》がそういってベンチへ足《あし》をむけると、

「フッ。途中《とちゅう》で負《ま》けたらペナルティだぜ、ベイビー」

沖田総司《おきたそうし》もそんな冗談《じょうだん》をいって、近藤勇《こんどういさみ》についていく。ぼくがそんなふたりを見送《みおく》っていると、

「神風《かみかぜ》ライジング、見事《みごと》なボールであった」

信長《のぶなが》とあいさつを終《お》えた土方歳三《ひじかたとしぞう》が、こっちへ歩《ある》いてきた。

「うん。ありがとう。あれ打《う》たれたら、もうどうしようもなかったけど」

「それなら、つぎまでに打《う》てるようにしておこう」

土方歳三《ひじかたとしぞう》はそうこたえると、口《くち》もとに笑《え》みをうかべた。ぼくは彼《かれ》のそんな表情《ひょうじょう》を見《み》るのははじめてで、なんだかうれしくなってしまう。

「あ、新撰組《しんせんぐみ》は目的《もくてき》をはたせなくて、残念《ざんねん》だったね。でも現世《げんせ》だって、ちゃんとルールもあるし、すてたもんじゃないから……」

「それは、もういいのだ」

土方歳三《ひじかたとしぞう》は軽《かる》く息《いき》をついて、そういった。

「ファルコンズを見《み》ていたら、そう思《おも》うようになった。いたずらにひとを、規則《きそく》やルールなどでしばるべきではないとな」

「――なら、よかった」

「ああ。優勝《ゆうしょう》しろよ」

土方歳三《ひじかたとしぞう》はぼくを軽《かる》くゲンコツでこづくと、ベンチのほうへ消《き》えていく。

――ちょっと、さびしいな。

そう思《おも》っていると、

「いっちゃったね」

ガーディアンズ全員《ぜんいん》のサインをもらったヒカルが、ぼくの横《よこ》にきてポツリといった。沖《おき》田総司《たそうし》や原田左之助《はらださのすけ》だけじゃなくて、新撰組《しんせんぐみ》そのものが好《す》きだったみたい。

「ヒカルは、残念《ざんねん》だった？　ガーディアンズが負《ま》けて」

「え、なんで？」

「え、なんで？　ってぼくのセリフだよ。ファンでしょ？」

聞《き》くと、ヒカルはブンブンと首《くび》を横《よこ》にふる。

「ぜんぜん残念《ざんねん》じゃないよ。だって新撰組《しんせんぐみ》の美学《びがく》って、やっぱりほろびていくところにあると思《おも》うんだよね。ああ、ちっていく新撰組《しんせんぐみ》……、ステキ……」

そういってヒカルは、去《さ》っていくガーディアンズをうっとりながめた。

うーん……。ヒカルのダークサイドは根《ね》がふかそうだ。

※

お客《きゃく》さんも帰《かえ》り、ナイター照明《しょうめい》も消《き》えた地獄甲子園《じごくこうしえん》。

空《そら》には星《ほし》もなく、真《ま》っ赤《か》な月《つき》がポツンとうかんでいるだけだ。

そんな夜空《よぞら》の下《した》、ファルコンズはみんなグランドにでてきて、スコアボードの上《うえ》に座《すわ》る、大《おお》きな大《おお》きな超閻魔大王《ちょうえんまだいおう》を見《み》あげていた。

「うーむ。虎太郎《こたろう》よ。絶対《ぜったい》に無理《むり》だと思《おも》ったが、まさかのまさかの、そのまたまさかじゃ。よくやったのう」

超閻魔大王《ちょうえんまだいおう》は、ヒゲをさすりながらいった。

「うん。がんばったからね。それより――」

「ああ、わかっておる。すでにおまえの友《とも》だちは、病室《びょうしつ》で起《お》きあがっておるぞい」

「ホントッ？」

前《まえ》のめりになって聞《き》くと、超閻魔大王《ちょうえんまだいおう》は指《ゆび》で上《うえ》を指《さ》して、まるで映画《えいが》をうつすように、真《ま》っ暗《くら》な空《そら》に映像《えいぞう》をうつしだした。

「あっ！」

うつされたのは現世《げんせ》の病室《びょうしつ》で、そこでは意識《いしき》のもどった高臣《たかおみ》クンをかこんで、彼《かれ》の父《とう》さんや母《かあ》さんがなみだながらによろこんでいるところだった。

その光景《こうけい》はとてもあたたかいもので、高臣《たかおみ》クンは父《とう》さんに頭《あたま》をなでられて、母《かあ》さんにはだきしめられている。でも高臣《たかおみ》クンはまだ体《からだ》がどこか痛《いた》むのか、うれしそうだけど、ちょっと顔《かお》をしかめたりしていた。

「よかった……」

空《そら》にうつされたそれを見《み》て、その場《ば》にへなへなとくずれおちるぼく。

目的《もくてき》をはたして、全身《ぜんしん》から力《ちから》が抜《ぬ》けていく思《おも》いだ。緊張《きんちょう》が一気《いっき》にほどけていく。

このために、一生懸命《いっしょうけんめい》がんばったんだから……。

安心《あんしん》して目《め》をつぶり、大《おお》きく息《いき》をはきだすと、

「して、超閻魔大王《ちょうえんまだいおう》よ」

となりの信長《のぶなが》が腕《うで》をくみ、超閻魔大王《ちょうえんまだいおう》に話《はな》しかけた。

「なんじゃ、ファルコンズの大将《たいしょう》。文句《もんく》でもあるのか？」

「それはいまからきめる。だが、ひねくれ者《もの》の貴様《きさま》のことだ。ただで虎太郎《こたろう》の友《とも》だちをよみがえらせたとは思《おも》えんが」

「ひと聞《ぎ》きが悪《わる》いのう」

信長《のぶなが》の言葉《ことば》に、超閻魔大王《ちょうえんまだいおう》はニヤリとわらうけど……。

え、なに？　その悪《わる》そうな笑顔《えがお》。

なんか、いやな予感《よかん》しかしないんだけど……。

「いいか、虎太郎《こたろう》」

超閻魔大王《ちょうえんまだいおう》は、ギョロリと視線《しせん》をぼくにもどす。

「今回《こんかい》は工夫《くふう》して高臣《たかおみ》を助《たす》けてやったが、いくらワシといえども、命《いのち》をつくりだすことはとてもめんどくさ……、むずかしい。そこで……」

「そ、そこで？」

ゴクリとつばを飲《の》みこみ、超閻魔大王《ちょうえんまだいおう》を見《み》あげるぼく。

「そ・こ・で。高臣《たかおみ》には、おまえの命《いのち》を半分《はんぶん》くれてやった。だからこのままでは、おまえたちはふたりとも、寿命《じゅみょう》の半分《はんぶん》しか生《い》きられんぞ」

「は、半分《はんぶん》？」

「そう、半分《はんぶん》」

ぼくは気《き》が遠《とお》くなりながら、息《いき》を吸《す》いこむ。そして、

「ちょっと待《ま》って――――！」

と、たぶん近藤勇《こんどういさみ》より大《おお》きな声《こえ》で、超閻魔大王《ちょうえんまだいおう》に抗議《こうぎ》した。でも、当《とう》の超閻魔大王《ちょうえんまだいおう》は鼻《はな》クソをほじくりながら、知《し》らん顔《かお》。

「虎太郎《こたろう》よ。待《ま》ってもなにも、もう高臣《たかおみ》の意識《いしき》はもどっておるしなあ。鼻《はな》クソだって、ほじくったあとに、元《もと》にはもどせんだろ？」

「きたないたとえ話《ばなし》はやめてっ」

ぼくは超閻魔大王《ちょうえんまだいおう》をにらみつける。いや、ぼくだけじゃなくてファルコンズの全員《ぜんいん》もだ。

「おいおい。超閻魔大王《ちょうえんまだいおう》よ。それがきびしい条件《じょうけん》をクリアした者《もの》に対《たい》する仕打《しう》ちか？」

「そうじゃそうじゃ。なんのために虎太郎《こたろう》ががんばったと思《おも》っておる」

「みんな……」

こういうときは、戦国武将《せんごくぶしょう》の豪傑《ごうけつ》たちがたのもしくもある。

さあ、みんなにすごまれて、どうする？　って思《おも》ってまた見《み》あげると、超閻魔大王《ちょうえんまだいおう》は鼻《はな》クソを指《ゆび》でピッと弾《はじ》いて、またニヤリとわらった。

「まあ、はやまるな。これはとりあえず、そうしたということ。ずっとこのままはいってないじゃろ」

「え？　どういうこと？　なおるの？」

「そりゃ、おまえしだいじゃ」

「ぼく？」

「そう。おまえたちの命《いのち》を元《もと》にもどす方法《ほうほう》はひとつ！」

超閻魔大王《ちょうえんまだいおう》はひとさし指《ゆび》をたてて、鼻息《はないき》を鳴《な》らした。そして、

「地獄甲子園《じごくこうしえん》で優勝《ゆうしょう》することじゃ！」


「え、ええっ？　なんでっ？」

意味《いみ》がわからない。ぼくは頭《あたま》の上《うえ》に、ハテナマークをいっぱいうかべながらいった。

「簡単《かんたん》じゃ。おまえたちが優勝《ゆうしょう》して歴史《れきし》を動《うご》かす権利《けんり》を手《て》にしたとき、ワシが高臣《たかおみ》の事故《じこ》そのものを、なかったことにしといてやる。サービスじゃぞ」

「じ、事故《じこ》そのものを……」

それはいい方法《ほうほう》かもしれないけど……。でも、地獄甲子園《じごくこうしえん》で優勝《ゆうしょう》？

「これで貴様《きさま》も、ワシらと目標《もくひょう》をともにすることになったのう」

信長《のぶなが》がぼくのとなりでいった。信長《のぶなが》にしてはめずらしい、ちょっとあわれむような口調《くちょう》で、それにガックリしながらうなずくぼく。

だってこれまで、ぼくは勝《か》てなきゃ死《し》ぬってことで、生《い》きかえることを目標《もくひょう》に投《な》げてきた。歴史《れきし》を守《まも》るっていうのも大事《だいじ》だとはわかっていたけど、それはぼくにとって二《に》のつぎだった。

それが自分《じぶん》の命《いのち》どころか、高臣《たかおみ》クンの命《いのち》までかかってきちゃうなんて……。なんてプレッシャーなんだ。こんなことって、ある？

「そして虎太郎《こたろう》よ」

複雑《ふくざつ》な気持《きも》ちになっていると、超閻魔大王《ちょうえんまだいおう》が言葉《ことば》をつづける。

「ワシはおまえが気《き》にいったぞ。ついてはいつでも地獄《じごく》にこられるように、おまえのランドセルを地獄直通《じごくちょくつう》にしといてやったぞい」

「地獄直通《じごくちょくつう》？　って？」

「ランドセルにもぐったら、いつでも地獄《じごく》にこられるってことじゃ」

ぼくはまた、くらっと気《き》が遠《とお》くなる。そして、

「ちょっと待《ま》って――――！」


と、また叫《さけ》び、グランドに手《て》をついて、ガックリと四つんばいになった。

「うれしいか、虎太郎《こたろう》。そうか、そうか」

超閻魔大王《ちょうえんまだいおう》はなぜか満足《まんぞく》げだ。

「まあ、これで自由《じゆう》に地獄《じごく》にきて、試合《しあい》で投《な》げられるからのう。もうファルコンズの助《すけ》っ人《と》ではなく、ファルコンズのメンバーじゃ！」

「う、うう……。うれしくない」

もう、なにがなんだかわからない。ぼくが乙女《おとめ》なら、「うわーん」って泣《な》いて逃《に》げだしているところだ。

「ま、まあ、元気《げんき》だせ、虎太郎《こたろう》」

秀吉《ひでよし》が同情《どうじょう》して声《こえ》をかけてくる。「バナナやるから」っていわれたけど、いまはそれどころじゃない。

ひとのランドセルをなんだと思《おも》ってるんだ……。

いったいどこの世界《せかい》に、ランドセルが地獄《じごく》とつながった小学生《しょうがくせい》がいるの？　ランドセルを開《あ》けたら地獄《じごく》でしたって、意味《いみ》わからない。もう、かんべんしてよ……。

まわりを見《み》ても、ファルコンズのみんなは『かわいそうに』って目《め》つきで、ぼくをながめていた。あの、いつもきびしい信長《のぶなが》まで。

きっと、超閻魔大王《ちょうえんまだいおう》にはこれ以上《いじょう》、さからえないんだ。いや、さからったら、もっとおもしろがって、さらに色《いろ》んないやがらせをしてくるかも……。

口《くち》からでてくるのは、もうため息《いき》ばかり。

これからぼく、どうなっちゃうのっ？

本作品《ほんさくひん》に登場《とうじょう》する歴史上《れきしじょう》の人物《じんぶつ》のエピソードは諸説《しょせつ》ある伝記《でんき》から、物語《ものがたり》にそって構成《こうせい》しています。

集英社みらい文庫

戦国《せんごく》ベースボール
最強《さいきょう》の戦闘集団《せんとうしゅうだん》！ 新撰組《しんせんぐみ》、推参《すいさん》!!

りょくち真太《しんた》 作

トリバタケハルノブ 絵

ファンレターのあて先
〒101-8050 東京都千代田区一ツ橋 2-5-10 集英社みらい文庫編集部
いただいたお便りは編集部から先生におわたしいたします。

2018 年 3 月28日 第 1 刷発行

発 行 者　北畠輝幸
発 行 所　株式会社 集英社
〒101-8050　東京都千代田区一ツ橋 2-5-10
電話　編集部 03-3230-6246
読者係 03-3230-6080
販売部 03-3230-6393(書店専用)
http://miraibunko.jp
装　丁　小松 昇(Rise Design Room)　中島由佳理
印　刷　大日本印刷株式会社　凸版印刷株式会社
製　本　大日本印刷株式会社

ISBN978-4-08-321424-0　C8293　N.D.C.913　188P　18cm

〝頂《ちょう》点《てん》〟目《め》指《ざ》して
突《つ》き進《すす》め!!!

「みらい文庫《ぶんこ》」読者《どくしゃ》のみなさんへ

言葉《ことば》を学《まな》ぶ、感性《かんせい》を磨《みが》く、創造力《そうぞうりょく》を育《はぐく》む……、読書《どくしょ》は「人間力《にんげんりょく》」を高《たか》めるために欠《か》かせません。

たった一枚《いちまい》のページをめくる向《む》こう側《がわ》に、未知《みち》の世界《せかい》、ドキドキのみらいが無限《むげん》に広《ひろ》がっている。

これこそが「本《ほん》」だけが持《も》っているパワーです。

学校《がっこう》の朝《あさ》の読書《どくしょ》に、休《やす》み時間《じかん》に、放課後《ほうかご》に……。いつでも、どこでも、すぐに続《つづ》きを読《よ》みたくなるような、魅力《みりょく》に溢《あふ》れる本《ほん》をたくさん揃《そろ》えていきたい。読書《どくしょ》がくれる、心《こころ》がきらきらしたり胸《むね》がきゅんとする瞬間《しゅんかん》を体験《たいけん》してほしい、楽《たの》しんでほしい。みらいの日本《にほん》、そして世界《せかい》を担《にな》うみなさんが、やがて大人《おとな》になった時《とき》、「読書《どくしょ》の魅力《みりょく》を初《はじ》めて知《し》った本《ほん》」「自分《じぶん》のおこづかいで初《はじ》めて買《か》った一冊《いっさつ》」と思《おも》い出《だ》してくれるような作品《さくひん》を一所懸命《いっしょけんめい》、大切《たいせつ》に創《つく》っていきたい。

そんないっぱいの想《おも》いを込《こ》めながら、作家《さっか》の先生方《せんせいがた》と一緒《いっしょ》に、私《わたし》たちは素敵《すてき》な本作《ほんづく》りを続《つづ》けていきます。「みらい文庫《ぶんこ》」は、無限《むげん》の宇宙《うちゅう》に浮《う》かぶ星《ほし》のように、夢《ゆめ》をたたえ輝《かがや》きながら、次々《つぎつぎ》と新《あたら》しく生《う》まれ続《つづ》けます。

本《ほん》を持《も》つ、その手《て》の中《なか》に、ドキドキするみらい――。

本《ほん》の宇宙《うちゅう》から、自分《じぶん》だけの健《すこ》やかな空想力《くうそうりょく》を育《そだ》て、〝みらいの星《ほし》〟をたくさん見《み》つけてください。

そして、大切《たいせつ》なこと、大切《たいせつ》な人《ひと》をきちんと守《まも》る、強《つよ》くて、やさしい大人《おとな》になってくれることを心《こころ》から願《ねが》っています。

2011年《ねん》　春《はる》

集英社《しゅうえいしゃ》みらい文庫《ぶんこ》編集部《へんしゅうぶ》